KB254207

여성정치 지금은 오후 2시

여성정치 지금은 오후 2시

초   판   1쇄 인쇄 2009년 11월 06일
초   판   1쇄 발행 2009년 11월 11일

지 은 이   여성 정치인 12명
꾸 민 곳   design Vita
펴 낸 이   박옥희
펴 낸 곳   인디북

출판등록   2000. 6. 22. 제10-1993호
주   소   서울시 마포구 용강동 469 하나빌딩 2층
전   화   02)3273-6895
팩   스   02)3273-6897
홈페이지   www.indebook.com

ISBN 978-89-5856-122-4 03810
값 10,000원

여성 정치 지금은 오후 2시

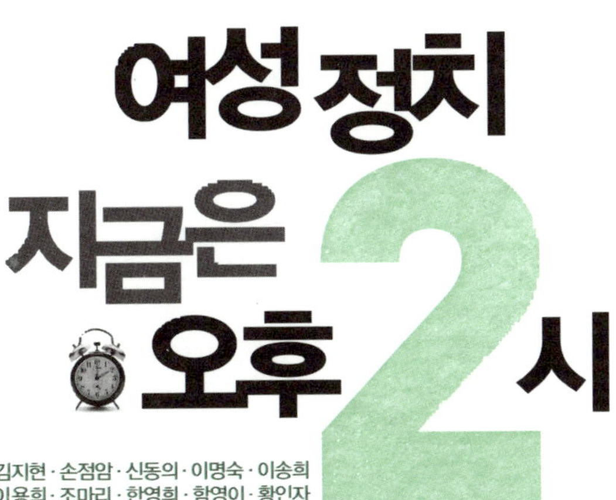

김영민 · 김지현 · 손점암 · 신동의 · 이명숙 · 이송희
이옥희 · 이용희 · 조마리 · 한영희 · 함영이 · 황인자

안디북

오후 2시가 주는 메시지

이회창 자유선진당 총재

정치 무대에서 뛰고 있는 여성들의 『여성 정치 지금은 오후 2시』 출간을 진심으로 축하드립니다.

그동안 여성들을 주제로 한 책이나 주장들은 많이 보아왔지만, '오후 2시'라는 시간으로 메시지를 전달하려는 시도는 처음입니다.

오후 2시는 하루의 분기점으로 이 시간을 어떻게 보내느냐에 따라 하루의 마무리와 내일이 달라진다는 뜻이라고 합니다. 바로 우리 여성 정치의 현주소를 단적으로 표현한 신선하고 새로운 시도라는 생각이 듭니다.

우리 여성들은 지난 시간 참으로 숨 가쁘게 달려왔습니다. 여성 차별을 당연시하는 법과 제도를 바꾸고, 국내는 물론 국제 연대까지 이끌어내어 불가능할 것 같던 성 차별의 높은 장벽을 무너뜨렸습니다. 그 높은 장벽을 무너뜨리기는 했지만, 여성들이 넘어야 할 벽은 여전히 남아 있습니다.

맞벌이 부부 가정이 많지만 남성들은 가사와 육아를 여성들에게 미루고 있습니다. 세계 1위의 저출산국가라는 오명이 심각한 국가적 문제인데도 해고와 재취업의 어려움으로 여성들은 여전히 임신과 출산을 기피하고 있습니다.

이와 같은 한국 사회의 병폐가 빠른 시일 내에 개선되지 않는 것은 여성의 낮은 정치 참여에 원인이 있습니다.
전체 인구의 절반이 여성이지만 현실 정치에 참여하고 있는 여성은 10%대에 머물러 있습니다. 10%에 불과한 목소리로는 여성들이 원하는 세상을 만들어가기 어렵습니다.

이 책의 저자들은 바로 이러한 현실을 바꾸기 위해 직접 정당 속에서 활동하며, 생활 정치를 실천하고 있습니다. 세심하고 따뜻한 마음으로 어렵고 힘든 이들의 삶을 어루만져주고, 전문적이고 다양한 경험으로 정당 활동의 수준을 높여가는 여성 동지들의 활약은 매우 놀랍습니다.

저는 여성 동지들의 활동을 보면서, 여성 문제의 해결은 바로 여성의 정치 진출에 해답이 있음을 다시 한 번 확인하였습니다.

이들 여성들의 이야기 『여성 정치 지금은 오후 2시』가 우리 대한민국 여성들의 정치 참여를 높이는 계기가 되기를 기대하며, 이 책의 출간을 축하드립니다.

분기점에 선 여성과 정치

오후 2시.

분주하기도 하고 졸리기도 한 이 시간이 하루 중에서 가장 뜨거운 시간이라는 생각, 해보셨습니까? 하루의 허리가 되는 이 시간을 당신이 어떻게 보내느냐에 따라 그날의 운명이 달라집니다.

하루의 전환점인 이 시간은 저녁의 색깔과 내일의 명암을 결정하는 중요한 지점입니다.

아침에 활기차게 일을 시작한 사람도 오후 2시의 나른함에 빠져 헤어나오지 못하면 하루를 망가뜨릴 수 있습니다. 반면 오전을 힘들게 보냈어도 오후 2시부터 가닥을 잡으면 잃어버린 오전 시간의 부진을 만회할 수 있습니다. '인생이모작'이라는 말처럼 하루도 이모작을 한다면 오후 2시는 그 분기점이 되는 시간입니다.

대한민국 여성 정치는 지금 오후 2시입니다. 오전에 호주제 폐지라는 거대한 산맥을 넘으면서 법과 제도를 개선해온 여성들은 오후에 사회적 공감대 형성이라는 또 하나의 높은 산맥을 만났습니다.

지금 이 시간을 잘 보내지 않으면 지난 오전의 결과는 물거품이 될지도 모릅니다. 여성들에게는 지금이 어느 때보다 중요한 시간입니다.

이 땅의 여성들은 요즘 마음이 복잡합니다. 힘들었던 오전 시간의 여파로 쉬고 싶은 마음도 있고 이제 겨우 첫 단추를 꿰었을 뿐이라는 답답한 마음도 있습니다. 주변에서는 할 만큼 했으니 그만하라며 여성들의 소리를 외면하려 하고 있습니다.

아름다운 석양과 찬란한 태양이 뜰 내일을 만나려면 오후 2

시, 여성들은 달콤한 낮잠에서 깨어나 새로운 에너지를 발산해야 합니다. 낮잠은 30분 이내에 끝내야 상쾌합니다. 복잡한 여성들의 마음도 빨리 정리해야 오늘의 2라운드와 내일의 희망을 기약할 수 있습니다.

이 책은 분주하게 오전을 보내고 오후가 시작되는 분기점에 서 있는 여성들의 이야기입니다. 열두 명의 저자는 자유선진당이 인연이 되어 만났습니다.

지방의원이나 주요 당직자로 활동하기도 하고 당원으로 뛰는 사람도 있습니다. 정당 활동에 참여하고 있는 저자들은 평범한 주부, 직장인, NGO 활동가 등 다양한 이력을 갖고 있습니다. 정당에 참여하는 다양한 사람들의 모습을 보여주고 싶습니다.

열두 명의 여성 저자들은 더 나은 한국 사회를 만들기 위해서는 여성들이 정치에 참여해야 한다고 믿고 있다는 점에서 공통된 마음을 가지고 있습니다. 무엇보다도 저자들은 이 책을 통해 여성들이 왜 정치에 참여해야 하는지를 얘기하고자 합니다.

이 책 속에는 저자들이 삶의 현장에서 겪은 생생한 경험담이 고스란히 녹아 있습니다. 대단하다고 느껴질 때도 있고 무모하다고 여겨질 때도 있겠지만 세상은 그렇게 다양한 사람들이 만들어가는 무대라고 생각합니다.

여성을 차별하는 법과 제도를 개선하기 위해서도 정치적인 힘이 필요했듯이 여성과 남성이 '차이는 있어도 차별은 없는 사회 분위기'를 만들어가는 데에도 정치는 필요합니다. 많은 여성들이 정치를 멀게만 생각하고 주저하는 지금, 저희들은 이 땅의 여성들을 정치 무대에 초대하고자 합니다.

여성 정치에는 '여성이 하는 정치'라는 의미도 있고 '화합과 조화의 여성성이 지배하는 정치'라는 주장도 담겨 있습니다. 어느 쪽에 무게가 실리든 인구의 절반을 차지하는 여성이 정치권에서도 그만큼의 역량을 발휘한다면 여성 정치는 이루어질 수 있습니다.

저희들은 새로운 마음으로 오후 2시를 보내고자 합니다. 여러분의 오후 2시는 어떻습니까?

2009년 11월, 저자 일동

차례

추천의 글 이회창 자유선진당 총재

책을 내며 저자 일동

기지개를 켜다

뿔난 아줌마 정치를 만나다 손점암　016

여성 대표가 만난 지방 정치 이송희　030

스웨덴을 알면 조마리　044

NGO, 새로운 정치의 실험장 김지현　059

뜨거운 2라운드

일단 시작부터 하라 이용희　074

공직과 정치, 여성이 2% 부족한 곳 황인자　089

당당하게 군민 편에 서다 이옥희　103

세상이 널 볼 수 있게 날아~ 저 멀리 김영민　120

내일이 기대된다

정치인 이명숙은 내 자부심　이명숙　　　134
이젠 여성이 정치 중심에 서야 할 때　한영희　　　149
문화 정신, 지금 대한민국이 필요로 하는 것　신동의　　　162
워킹맘 정치~~학　함영이　　　174

부록

여성이 정치에 나서야…　　　189

**여성 대표가
만난 지방 정치**

*

이송희

**뿔난 아줌마
정치를 만나다**

*

손점암

스웨덴을 알면

＊

조마리

NGO,
새로운 정치의
실험장

＊

김지현

기지개를 켜다

뿔난 아줌마 정치를 만나다

손점암

허술한 민원 행정 처리

시골에서는 어지간한 일로 주부 혼자서 면사무소나 시청을 방문해 민원을 제기하지 않는다. 그곳에 있는 사람들이 민원인들을 어떻게 대하는지 알기 때문이다.

나 역시 동네에 무슨 일이 있으면 으레 '남들이 알아서 하겠지.' 하며 먼 산 보듯 지나쳤다. 그런데 우리 집 앞에서 문제가 생기자 팔을 걷어붙이지 않을 수 없었다. 이미 동네 사람들이 면사무소에 여러 번 건의했지만 면에서는 예산이 부족하다는 이유로 해결해주지 않고 있어 속을 끓이고 있던 터였다.

혼자 면사무소를 찾아 나서기까지 여러 번 망설였다. '괜히 속만 상하고 오는 건 아닐까?' 하는 걱정이 앞섰지만 더 이상 참을 수는 없다고 마음을 다잡았다.

직원들이 고생한다는 생각에 마실 음료수까지 사들고 면사무소 문을 열었다. 때마침 새로 온 면장이 자리에 있기에 잘되었다 싶었다.

"면장님 드릴 말씀이 있어 찾아왔습니다."라고 말문을 열고 사정을 이야기했다. 우리 마을로 들어가는 길 중 300m 정도가 비포장도로라 비만 오면 걸어 다니기 힘들다고 얘기한 후 도로 포장을 해달라고 청했다.

하지만 면장은 앉으라는 말도 없이 "그런 일은 이장과 이야기를 하라."면서 행사가 있다는 핑계로 자리를 뜨려고 했다. "5분만 시간을 내달라."고 사정을 했으나 면장은 매몰차게 거절했다.

이렇게 문전 박대를 당하고 면사무소를 나오다 보니 너무 화가 났다. 아무리 행사에 참석하는 게 중요하다지만 면장이라는 직책을 가지고 있으면서 주민을 이렇게 홀대할 수 있나 싶어 더 화가 났다. 주민이 없으면 면장도 없는데 어찌 면장이 주민을 무시할 수 있는가?

여성 조직은 정당의 가장 큰 힘이다. 사진은 2009년 10월 자유선진당 시·도당 여성위원장들과 광주 망월동 국립5.18민주묘지를 찾아 참배할 때. (왼쪽에서 두 번째가 필자)

면사무소를 나오면서 내친김에 시장 비서실에 전화를 했다. 시장 비서실 직원에게 나의 신분과 전화한 경위를 밝히고 면장에게 얘기했던 동일한 민원을 접수했다.

비서실에서 민원 결과에 대해 알려주기로 했으나 며칠이 지나도 연락이 없었다. 결국 또다시 제법 먼 거리에 있는 시청을 찾아가야 했다.

마음을 다잡고 바로 시장실로 들어가 비서실 직원에게 찾아온 이유를 설명했다. 그러자 그 직원은 "그렇지 않아도 연락을 하려고 했다."며 형식적으로 느껴지는 답을 했다. 내가 "시장님을 좀 뵙고 가겠다."고 하자 그 직원은 "시장님이 행사에 가

서서 자리에 안 계신다."고 했다.

내가 비서실 직원과 설왕설래하자 비서실장이 나와 자리에 앉으라고 권하며 자초지종을 물었다. 비서실장 역시 내가 접수한 민원을 알고 있었다. 그러면서 곧 연락하려고 했던 참이었다고 직원과 같은 말을 되풀이했다.

민원인들이 행정기관을 방문하여 해당 기관장을 만나려고 하면 그곳 직원은 한결같이 "행사에 참석하느라 자리에 없다."는 말만 한다. 무슨 행사가 그리도 많은지. 그럼 높은 분들은 행사 뛰느라 업무 처리는 언제나 뒷전이란 말인가? 행사도 물론 중요하지만 그보다 주민들의 불편함을 들여다보는 자세가 우선되어야 한다.

생각이 여기까지 미친 나는 "오나가나 웬 행사가 이리도 많으냐?"며 목소리를 높였다. 그러자 비서실장은 함께 현장에 가 보자고 했다. 나는 비서실장과 직접 현장을 확인했다. 그러고 나서 비서실장은 시청에 가기 전에 내가 방문했던 면사무소의 계장과 이장을 불러 내가 제기한 민원을 해결하라고 지시했다.

그동안 면에서 예산 타령을 하면서 그토록 해결해주지 않았던 민원이 불과 한 시간도 안 돼 해결되는 순간, 그 비서실장한테 고마워해야 하는 것인지, 아니면 화를 내야 하는 것인지 혼란스러웠다. 우리나라 행정 현실에 어이가 없어졌다.

당시 면장은 시청 계장으로 근무하다가 정년퇴직을 앞두고 면장으로 부임했다고 한다. 부임한 지 몇 달 되지 않아서였을까? 아니면 퇴직이 머지않았기에 무관심한 태도를 보였을까? 제대로 된 면장이라면 적정한 예산을 받아서 주민들의 애로사항을 해결하고 조금 더 적극적으로 자기 지역을 위해 책임감 있게 일해야 한다. 지역을 위해 최선을 다하는 면장이 우리가 바라는 지역의 어른이 아닐까 라는 생각을 해본다.

주민의 민원을 예산 타령으로 비켜가는 것은 능력 있는 자세가 아니다. 좀더 적극적인 행정 처리를 바랄 뿐이다. 기본적인 일을 잘하는 사람이 큰일도 잘하리라 믿는다.

현장을 읽어야 민원이 해결된다

민원에 대한 허술한 행정 처리는 이뿐만이 아니다. 우리 집 앞에는 도청 관할 2급 하천이 있는데 비가 많이 오면 하천이 큰 강으로 변해 둑이 무너진 적이 여러 번 있었다. 하지만 돌로 둑을 쌓아달라는 민원을 해결해주지 않아, 몇 번씩이나 재신청을 한 끝에야 처리해주겠다는 답을 받았다.

공사가 시작되고 며칠 만에 작업이 끝났다. 그런데 어찌 된 일인지 그 공사는 시작점부터 100m 정도 되는 우리 옆집까지만 해주고 정작 민원을 제기한 우리 집 앞은 아예 하지도 않았다. 민원을 신청한 집 앞에는 공사를 하지 않고 엉뚱한 집에만 공사를 해준 것이다. 그래서 또 민원을 제기했더니 몇 달 뒤 다시 100m 정도 공사를 했고 우리 집 앞은 여전히 남겨놓았다.

우리 집이 변두리 지역이라고 신경을 안 쓰는 것이라는 판단을 하고 나니 정말 할 말이 없었다. "거리가 얼마 되지도 않은 우리 집 앞에는 왜 둑을 쌓지 않느냐?"고 물어보자 또 예산 타령을 했다. 이런 나태한 행정 처리를 보면서 '이곳이 담당 공무원 집 앞이었어도 이런 식으로 처리했을까?' 하는 의문이 생겼다.

결국 우리 집 앞은 공사를 하지 못한 채 장마를 맞았다. 장마가 시작되고 며칠 뒤, 집 앞 강물이 넘칠 것 같아 비를 맞으며 면사무소에 갔다. 바깥에서는 장맛비가 한창인데 담당 직원은 인터넷으로 오락을 하고 있었다. 속이 답답해진 나는 "이렇게 비가 쏟아지는데 나와보기는커녕 사무실 안에서 오락을 하고 있으면 어떻게 합니까?"라고 따졌다. 그랬더니 날 보고 별난 아주머니가 찾아왔다는 표정으로 오히려 귀찮다는 듯이 응대했다.

그뿐만이 아니다. 시 하천계를 찾아가서 우리 집 앞의 하천에 대해 이야기를 한 적이 있다. 그러자 하천계 계장은 지도를 펴더니 "아, 이 도랑 말입니까?"라고 물었다. 그래서 내가 "이

것은 도랑이 아니고 2급 도道 하천입니다. 직접 나와서 보시는 게 좋을 것 같네요."라고 하고 그 하천으로 갔다. 얼마 뒤 그 담당 계장이 도착했다. 내가 "도랑 치곤 참 크지요." 했더니 계장은 말을 잇지 못했다. 책상머리에만 앉아서 자기 구역에 있는 하천이 어느 정도 규모인지도 모르는 사람들이 현장 공무원이란 말인가?

담당 공무원이 2급 하천을 보고 도랑이라고 하질 않나 장맛비가 쏟아지는데도 인터넷 오락을 하지 않나……

여성이 관공서 가서 할 말을 좀 하려고 하면 무시하거나 별난 아줌마라는 소리를 한다. 관공서 민원실에 붙어 있는 "무엇

타인의 아픔과 고통도 내 일이라고 생각하고 도와야 한다. 어버이날 봉사 활동(왼쪽)과 경기도장애인보호협의회 자원 봉사(오른쪽)를 하는 필자.

이든지 도와드리겠습니다."는 글귀가 참으로 무색해질 따름이다.

하천은 시 관할이고 하천 바닥은 농업기반공사 관할이기 때문에 하천 관리를 서로 미루고 있는 실정이다. 게다가 2급 하천은 도 관할 소속이 많지만 도에서 제대로 관리하는 것을 본 적이 없다.

담당 부서에서 한 번도 관할 하천에 버려진 쓰레기를 치운 적이 없고 풀을 깎고 다듬는 것도 없었다. 그래서 해마다 봄만 되면 집 앞 하천 쓰레기는 내가 치운다.

예전에 농업기반공사에서 수로의 물 높이를 주변 주민의 의견 한번 듣지 않은 채 마음대로 설정한 농업용 수문을 만들었다. 그래서 농업기반공사에 전화를 해서 항의했더니 담당자가 "아줌마 마음대로 하라."면서 무시했다. 화가 난 나는 농업기반공사 감사실로 전화를 해서 이 일에 대해 억울함을 이야기했다. 그리고 얼마 지나지 않아 담당자가 찾아와 죄송하다고 빌었다. 공무원들이 왜 이렇게 아둔한 짓을 하는지 정말 기가 찬다.

요즘에는 공무원 되기가 하늘의 별 따기라지만 현장에서 일하는 대다수 공무원의 정신 자세는 바닥에 가깝다. 민원인의 일이 곧 내 일이라고 생각하고 해결하는 자세가 정말 필요할 것 같다.

　담당 공무원들의 안일한 태도를 직접 겪으며 나는 많은 것을 배우게 됐다. 현장에 뛰어들다 보니 공무원보다 더 많은 지식을 얻게 된 것이다. 공무원은 이론적으로는 잘 알고 있지만 실질적으로 피해를 당하지 않기에 피해를 직접 경험하는 일반 시민보다 현장 지식이 부족한 면이 많은 것 같다. 이렇듯 공무원이 책상에만 앉아 일하는 그런 나태한 행정은 이 시대에 맞지 않다. 따끔하게 채찍을 가할 수 있는 제도와 대책이 마련되어야 한다.

**열정과 패기로 던진
첫 출사표**

이러한 제도와 대책은 정치인들이 만들어가는 것이다. 그래서 나는 정치인이 되었는지 모른다.

　한때는 남편 월급으로 세 아이들을 교육하기가 빠듯하여, 여성 사업가로 주부 역할, 엄마 역할 그리고 봉사 활동까지 하며 정말 바쁘게 살았다. 사업을 하다보니 돈을 벌 때도 있었고 한순간에 돈을 날려본 적도 있다. 이러한 경험들이 쌓이자 나도 모르게 배짱이 생겼다.

　이렇게 살던 나에게 정말 우연한 기회가 생겼다. 자유선진당

정당 참여는 정치의 출발점이다. 사진은 2008년 10월 부천 소사에서 가진
경기도당 여성위원회 간담회. (앞줄 오른쪽에서 두 번째가 필자)

과 인연이 되어 경기도당 여성위원장이라는 자리에 앉게 된 것
이다. 아이들이 다 커서 시간적인 여유도 많이 생겨 정치 활동
을 하는 데 지장이 없어진 덕분이기도 하다.

정치와 이렇게 인연을 맺게 된 것은 정말 나에게는 운명으로
밖에 여겨지지 않는다. 2008년 6.4 보궐선거에서 자유선진당
경기도의원 후보로 출마할 당시 선진당은 창당된 지 얼마 되지
않은 신당이었기에 모두가 나의 출마를 말렸다. 나는 정치가
뭔지도 모르는 초년생이면서 아무 준비도 없이 정치 입문 두 달
만에 과감하게 도의원 후보로 출마한 것이다.

정치 신인의 열정과 패기로 선거를 치렀지만 결국 낙선하고

말았다. 그리고 자유선진당 경기도당 여성위원장이라는 자리
를 맡게 되었다.

선거를 치르는 동안 몸과 마음이 지친 나는 도당여성위원장
이라는 역할을 잘할 수 있을까 라는 두려움과 걱정에 초가을 코
스모스 핀 길을 걸으며 눈물을 흘리기도 했다. 모든 것을 다 접
을까 라는 생각도 했으나 나를 선택해준 자유선진당, 그리고 내
가 선택한 자유선진당이 너무나 소중하기에 포기하지 않았다.
비록 자유선진당의 이름을 걸고 낙선했지만 그럼에도 자유선
진당에 더욱 더 애착이 간다.

나는 마냥 편한 것을 좋아하지 않는다. 지금까지 살아온 여
정이 힘들었기에 그런 것일까? 나는 도전적인 것을 좋아한다.
도전해서 성공한 뒤에 찾아오는 희열과 보람을 생각하면 가슴
이 뿌듯하다. 도전하자! 그러면 성공하는 그날이 꼭 올 것이다.

나는 팔남매의 둘째인 남편과 결혼했다. 결혼 직후 시아주버
니가 미국으로 건너가는 바람에 맏이 아닌 맏이 노릇을 했다.
종갓집에 시집와서 신혼 생활도 모른 채 시집살이를 했다.

30대 초반부터는 신도시 아파트 부녀회장을 맡아 동네 간섭
(?)도 많이 했다. 이런 세월을 지내오며 나는 어떤 일도 해결할
수 있다는 자신감이 생겼다. 이제는 아이들도 제 갈 길을 가고
있기에 나를 위해 살겠다고 가정에 선포를 한 상태다.

지금까지는 나에 대해 생각할 여유 없이 무엇이 내 인생인지도 모르고 오직 가정만을 위해 바쁘게 살아왔다. 하지만 지금의 나이가 되니 나를 돌아볼 여유가 생겼다. 내가 보낸 시간들을 뒤돌아보면서 나는 과감하게 또 다른 도전을 한다.

칭기즈칸은 남의 말에 귀 기울였다

지나온 세월 동안 내가 느낀 것은 인간관계란 참 힘들다는 것이다. 특히 광범위한 인간관계가 중요한 도당여성위원장이란 자리는 나에게 또 다른 도전이었다. 지금까지 해보니 결코 쉽지 않다. 그러나 열심히 활동하는 중앙당 여성위원장과 여성국장의 열정적인 일처리 모습을 보면서 나 역시 힘들지만 열심히 하자고 조용히 마음속으로 다짐해본다.

생동감 있는 우리 여성 조직을 만들어가는 시·도당 여성위원장들도 대단하다. 누구보다 열심히 하기에 우리 선진당이 잘 될 수밖에 없다고 생각한다. 그 속에서 나는 어떤 당도 능가할 수 있는 힘을 느낀다.

모든 크고 작은 우리의 일상생활이 정치로 연결된다는 것을 알게 될 때 힘이 생기기 마련이다. 어려움에 맞설 용기와 지혜가 있으면 무엇인들 못 하겠는가.

자기가 속해 있는 위치에서 최소한 기본이라도 지키겠다는 마음가짐으로 최선을 다할 때 좋은 날이 온다는 것을 나는 확신한다. 도의원 보궐선거가 끝난 후 누군가 내게 "열심히 하더라. 고생했다. 그런데 3번 손점암 후보 운동원들이 제일 농땡이 치더라."고 말했다. 그 말을 듣고 나는 이렇게 말했다. "그렇다. 그 사람들이 나를 보고 왔겠는가? 하루 일당을 벌기 위해 온 사람들이다. 하지만 나는 앞으로 그 사람들을 내 사람으로 만들 것이다."라고.

지금 그 사람들은 나의 가장 가까운 식구가 되어 있다. 그 사람들은 내가 가장 아끼고 싶은 사람들이다. 그래서 그들에게 내 식구라는 표현을 자주 하는 편이다. 신생 정당이었기에 조직이 없던 나는 혼자 힘으로 선거를 치른 거나 다를 바 없었다. 그러한 상황 속에서 나는 누구의 도움도 없이 홀로서기를 함으로써 맡은 바 최선을 다했다.

그래서 나는 가끔 칭기즈칸을 생각한다. 칭기즈칸은 아홉 살 때 아버지를 잃고 마을에서 쫓겨나 들쥐를 잡아먹으며 연명했다. 그는 목숨을 걸고 전쟁터에서 싸우는 직업 군인이었으며 그림자 말고는 친구도 없는 외로운 사람이었다.

그의 나라는 병사만 십만 명, 백성은 어린애와 노인까지 합쳐 이백만 명도 되지 않는 작은 나라였다. 그는 이름도 쓸 줄 몰랐으나 남의 말에 귀를 기울이면서 현명해지는 법을 배웠다. 부족한 것이 많았지만 최선을 다해 그 한계를 하나씩 극복했고 몽골제국을 통일하여 왕이 되었다. 나 또한 나의 한계에 부딪치면서 최선을 다한다. 그 한계를 극복하는 순간 나는 칭기즈칸이 된 것 같은 자부심을 느낀다.

우리 선진당은 국민의 말에 귀를 기울이고 국민의 어려움에 책임감을 느끼고 열심히 노력하는 발전하는 당이 되리라고 믿는다. 그리고 나는 이러한 우리 당을 위해 방해꾼이 아닌 주어진 일에 항상 노력하는 협력자가 되리라 다짐한다. 용기를 가지고 국민을 위해 최선을 다하는 정치인이 될 것이다.

손점암

가정주부에서 사업가로, 그리고 자원 봉사자로
끝없이 자신을 변화시키며 살아가는 이 땅의 여성입니다.
자원 봉사를 하면서 희생정신을 배웠습니다.
더 많은 사람들을 도와줄 방법을 찾다가
2008년 경기도의원 보궐선거에 자유선진당 후보로 출마하면서
정치에 입문했습니다. 현재 자유선진당 경기도당 여성위원장으로
활동하고 있습니다.
불의와 타협하지 않는 당당한 여성 정치인이 되도록 노력하고 있습니다.

여성 대표가 만난 지방 정치

이송희

여성의 대표성 보장이 왜 중요한가

"매번 사회복지 부문을 이야기할 때마다 여성과 아동, 청소년에게 돌아가는 예산이 묶여 있어서 세부내역을 파악하기 힘든 상태로 보고가 되어왔습니다. 그러다 보니까 굉장히 신경을 많이 써주는 것처럼 보이지만 결론적으로 실제 그들에게 돌아가는 부분은 적다는 느낌이 들거든요.

그런데 오늘 이 보고를 받으면서도 역시 그런 생각을 배제할 수가 없습니다. 여성 복지 예산을 한눈에 정확히 알 수 있도록 별도로 구분해서 일러주셨으면 합니다."

"현재 농촌에서는 고령화 등으로 인력이 부족하여 여성도 남성과 똑같이 영농 일을 하고 있습니다. 하지만 여성 농업인에게는 일하는 만큼 지원이 안 되고 있는 사유와 이에 대한 대책에 대하여 말씀해주시기 바랍니다."

제5대 예산군의회 비례대표의원으로 당선된 후 군의회에서 내가 발언한 내용의 일부이다. 당선 후 지금까지 지역을 대표하는 지방의원 역할은 물론 예산군 여성들을 위한 조례를 제정하는 한편 여성들이 차별받지 않고 실질적인 혜택을 받을 수 있도록 있는 힘을 다하고 있다.

예산군은 아산시, 서산시, 청양군 등과 인접한 인구 9만 명의 도시이다. 초등학교 교과서에 나오는 〈의좋은 형제〉의 실제 주인공, 이성만 이순 형제의 고장으로도 유명한 곳이다. 의좋은 형제를 낳은 지역답게 농업을 기반으로 한 도시로 노인 인구가 다른 곳보다 많다.

인구가 고령화되면 자치단체의 도움을 필요로 하는 가정도 늘어나게 된다. 이와 함께 예산군은 다문화가정, 조손가정 등도 상대적으로 많아 자상하고 섬세한 여성의 손길이 더욱 더 필요한 곳이다.

여성의 시각으로 보아야 할 일은 많지만 여성을 보는 시각은 보수적인 것이 현실이다. 여성 정치인을 배출하는 일에는 여전히 소극적이다. 예산군의회도 비례대표제가 도입된 5대 의회에 와서야 두 명의 여성의원을 배출했다. 지난 20년 동안 예산군을 대표하는 여성 정치인은 아무도 없었던 셈이다.

내가 앞서도 언급했듯이 여성들이 남성들과 똑같이 영농일을 하는데도 지원이 되지 않는 현실이나 복지예산을 한꺼번에 묶어놓아 예산 규모는 커 보이지만 여성에게 실제 돌아가는 혜택은 많지 않은 문제점을 따질 수 있었던 것은 여성의 눈으로 보았기 때문이다.

대부분의 여성들은 농사일을 하고도 집에서 가사 일까지 해내야 한다. 아이들을 잘 키우는 것도 여성의 몫이다. 2010년 성인지 예산 도입을 앞두고 있는 만큼 일선 지방자치단체들도 여성에게 실질적으로 얼마나 많은 혜택이 돌아가는지를 철저하게 분석해야 한다. 하지만 그런 노력을 기대하기는 힘들어 보인다. 이런 일들이 가능하려면 여성의원이 적어도 30% 이상은 되어야 하기 때문이다.

전체 인구가 줄고 노령 인구가 많아지면 잠재되어 있는 여성 인력을 적극 활용하는 것이 당연하다. 그런데도 여전히 우리

의회에서 발언할 때 여성의원은 여성 전체를 대표해야 할 때가 많다.
책임감 때문에 어깨가 무거워지기도 한다.

사회는 여성 인력을 부차적인 일을 맡거나 뒷바라지하는 존재로 바라보고 있다. 이러한 시각은 우리 군도 다를 바 없다. 한번은 지역 축제에 여성단체를 동원해 식사 준비와 설거지를 시킨 일이 있었다. 나는 그 행정기관에 이렇게 따졌다.

"이번에 와인농장축제를 하는데, 여성단체들이 동원됐었죠? 농업기술센터나 예산군에서 하는 각종 행사에 우리 여성단체 회원들이 먹을거리나 이런 것들을 책임져서 감당해준 것으로 알고 있습니다.

이들 단체는 관이라는 이름으로 그런 것을 주문하면 거절을 거의 못 해요. 군을 대표해서 군을 홍보하고, 군을 드러내는 사업이 아니라면 함부로 여성단체들에게 음식하고 뒷바라지하게 하지 마세요."

나는 처음부터 목소리를 높여야 했다. 아직도 여성의 목소리는 소리 지르는 수준이 되어야 귀를 기울이기 때문이다.

비록 두 사람에 불과하지만 지방의회에 여성이 있고 없는 것은 천양지차다. 예산군 여성발전기본조례나 여성농업인육성지원조례는 시급하지만 남성들은 제대로 인식하지 못하는 것들이다. 남성 중심의 의회는 여성 인력을 어떻게 끌어내야 하는지 방법조차 모르고 있었던 것이다.

비례대표라는 장치를 통해 의회에 입성했지만 여성들의 입장을 대표하는 일을 게을리 한 여성의원들은 거의 없다. 지방의 여성 정치인들이 어느 곳에서나 좋은 평가를 받고 있는 이유이다.

뜨거운 감자가 된 정당공천제도

최근 지방 정가는 기초지방선거의 정당공천제도를 유지할 것인가, 아니면 폐지할 것인가를 놓고 논란이 거세다. 기초지방선거에서 정당 공천의 유무는 기초의원의 비례대표와 직결되는 문제이다. 바로 비례대표제가 현행대로 유지될 것인가 아닌가 하는 문제와 직결되기 때문에 지방 정치를 준비하는 사람들에게는 첨예한 관심사가 되고 있다.

선거구 또한 기초의원 선거구를 현행 중선거구제에서 소선거구제로 전환할 가능성이 높다는 여론도 많다. 비례대표제는 이래저래 지역 정가의 '뜨거운 감자'가 되고 있다.

지방 정가나 시민단체들이 정당공천제를 폐지해야 한다고 주장하는 이유에는 지방 정치가 중앙 정치에 예속화되고 공천 과정에 부패 위험이 높다는 판단이 전제돼 있다. 이미 일부 시민단체들은 기자회견을 갖고 국회의원들에게 정당공천제 폐지를 위한 선거법 개정에 적극 동참할 것을 촉구하고 있다.

기초지방선거에 정당공천제가 도입된 것은 불과 3년 전인 지난 2006년. 자치단체장이나 기초의원의 수준을 높이기 위해 도입됐다. 그러나 도입 이후 자치단체장과 기초의원들이 정당의 입김에 좌우된다는 논란 속에 일부 지방자치단체장들이 정당공천제 철회를 주장하며 탈당을 감행하는 등 당초 취지가 빗나가 있는 것 또한 사실이다.

비례대표제는 정당공천제와 떼어놓을 수 없는 필연적인 관

계에 놓여 있다. 2005년 공직자선거법 개정으로 도입된 정당
공천제로 2006년 처음 탄생한 정당별 비례대표제. 이 제도는
탄생하자마자 기로에 놓이게 된 셈이다.

비례대표제의
장·단점

비례대표제는 문자 그대로 정당의 득표수에 비례하여 지방의원을 선출하는 선거 제도이다. 비례대표제는 득표율이 곧 의석으로 전환되기 때문에 군소 정당의 의회 진입이 쉽다는 장점을 지니고 있다.

현재 기초의회 비례대표제는 순위를 교호순번제로 하고 여성이 홀수 번호를 받게 하고 있다. 덕분에 1번을 받은 여성들이 대거 기초의회에 진출, 지난 2006년 선거에서 당선된 여성의원 비율은 전체의 13.7%로 두 자리 수를 확보했다. 2002년 선거에서 여성의원 비율이 3.2%에 불과했던 것과 비교하면 엄청난 증가이다.

그러나 비례대표를 제외하면 여성 지방의원의 비율은 5.8%에 머물러 2002년에 비해 크게 늘어나지 못한 숫자이다. 결국 2006년 여성의 정치참여 확대는 전적으로 비례대표제의 힘이 었음을 알 수 있다.

여성의 지방의회 진출은 여러 가지 의미를 지닌다. 그중에서도 여전히 소수인 여성의 의견을 지방 정치에 담을 수 있다는 것이 가장 큰 의미라고 볼 수 있다. 나 역시 소수의 입장을 반영하기 위해 끊임없이 노력했다.

비례대표제는 또 시·군 전체 선거구 단위에서 이루어지므로 지역주의에 호소하는 선거 행태나 혈연, 학연, 지연 등의 선거 체계를 극복할 수 있다는 장점이 있다.

물론 단점도 있다. 비례대표제를 실시하다 보면 군소 정당이 난립하게 되고 이에 따라 정치가 불안정해질 수 있다. 공천에 따른 금품 수수 등의 문제도 생길 수 있다. 또한 의회에 진출한 후에도 지역구의원과 비례대표의원 간에 활동 범위를 놓고 싸우게 되는, 해법이 불분명한 논쟁도 이어진다.

비례대표의원들은 시·군 단위 전체 선거구를 대상으로 활동하려고 한다. 반면 읍·면 단위에서 선출된 지역구의원은 자기 선거지역을 침범하여 활동하는 것은 크나큰 문제가 있다고 보고 있다. 때문에 활동 범위에 대한 갈등과 논란은 때로 첨예해지기도 한다.

비례대표의원의 역할

지방의회가 출범한 지 20년이 가까워져가고 있다.

그 20년 역사 속에서 여성이 기초의회에 두 자리 수 비율로 진출한 것은 주지했다시피 비례대표제가 도입된 지난 2006년 제5대 의회가 처음이다.

여성의원들이 지방의회에 대거 진출함에 따라 그동안 여성문제에는 침묵했던 지방의회도 여성들의 다양한 목소리를 들을 수 있게 됐다. 의회의 분위기 역시 점차 섬세하고 자상해졌다는 평이다. 이러한 변화를 이끌어냈다는 점에서 비례대표제는 바람직한 제도라고 여겨진다.

특히 농촌 지역 기초자치단체는 비례대표제처럼 여성들이 의회에 진출할 수 있는 통로가 매우 절실하다.

초고령사회에 접어든 농촌은 노인 인구 비중은 늘고 있으나 전체적인 인구는 점점 감소해가고 있는 실정이다.

지역 사정이 이렇다보니 세월이 가면 갈수록 지방자치단체의 도움이 필요한 가정이 늘어만 가고 있다. 인구는 줄어드는 반면 신빈곤층가정, 다문화가정, 장애인가정 등은 늘어가고 있는 것이 대표적인 예다.

이러한 가정을 돌보고 최소한의 지원을 강화하여 생활을 보조하고 대책을 마련하는 것 또한 지방의회의 역할인 것 같다.

더욱이 이러한 역할에는 남성의원들보다 자상하고 섬세한 여성의원들이 주목을 받고 있다.

여성의원들의 역할을 살펴보면 소외 계층을 지원할 수 있는 조례 제정과 개정, 예산 확보 그리고 여성 자원 봉사자들을 통한 지원 등이 두드러지게 나타나고 있다. 이밖에도 노인 복지 대책, 여성 농업인 지원 대책, 아동 보호 대책을 마련하는 등 비례대표 여성의원의 역할은 점점 커져만 가고 있다.

여성 진출의 통로 마련이 관건

기초의회의 비례대표제 존폐 여부에 대한 논란은 앞으로 점점 가중되어갈 것이다.

기초의회의 정당공천제가 어떻게 될 것인지, 비례대표제가 현행대로 유지될 것인지, 선거구제는 어떻게 바뀔 것인지에 대한 지방 정가의 관심은 중앙 정치로 모아지고 있다.

중앙 정치에 호소하고 싶은 것은 이것이다. 제5대 기초의회에 비례대표로 진출했던 여성의원들이 일궈놓은 성과를 제대로 인식한다면 정당공천제를 폐지하든 소선거구제를 채택하든 여성이 기초의회에 진출할 수 있는 제도적인 장치는 꼭 마련해야 한다는 것이다.

만약 비례대표제가 없어진다면 고령의 유권자가 대다수인 농촌 지역의 선거구는 여성들의 진출이 매우 어려워진다. 농촌 지역 정서는 아직까지 여성이 정치에 참여하는 것에 그리 너그럽지 않기 때문이다. 여성이 지역구로 출마할 경우 당선될 확률 또한 낮다고밖에 볼 수 없다. 비례대표제가 없어진다면 여성만을 뽑는 여성할당구역을 설정하여 여성이 의회에 진출할 수 있는 문을 열어주는 것도 좋은 방안이 아닌가 생각된다.

지역 주민은 물론 언론인, 그리고 동료 의원들의 말을 빌려 5대 기초의회에서 여성의원들이 해온 역할을 평가해볼 때 여성 비례대표의원의 노력과 성과는 상당하다. 지역구의원들보다 더 열심히 주민을 위해 봉사해왔다고 스스로도 자부한다.

여성 정치, 세계적인 흐름

우리나라 여성의 정치 참여율이 낮다는 것은 이제 두말하면 잔소리다. 다섯 번의 지방선거를 치르면서 우리는 여성의 낮은 정치 참여율을 높이는 방법이 무엇인지 확실하게 알게 됐다.

여성 정치 확대를 위한 노력은 우리나라에만 있지 않다. UN 국제연합은 지난 2008년 "여성의 정치 참여가 늘고 있긴 하지만

지방 정치는 발로 뛰어야 한다. 주요 사업장을 답사 중인 필자.

그 속도가 느리다.”고 평가했다. UN은 이러한 현실을 바꾸기 위해서 할당제와 같은 적극적인 조치가 중요하다고 강조했다. 차별을 시정하기 위한 우대 장치는 남성들에 대한 역차별이 아니라는 점을 일깨우고 있는 것이다.

우리나라는 비례대표제 외에도 선출직 30%를 여성으로 공천하라는 규정이 있다. 그러나 이는 그야말로 권고 사항으로만 돼 있어 실질적인 효과를 내지는 못하고 있다. 강제성이 없는 규정은 현실 정치에서 이뤄지기 힘들다는 것은 이미 여러 차례의 선거에서 입증됐다. 특히 여성의 정치참여 확대를 위한 장치는 반드시 강제 규정이 있어야만 작동한다.

충남 시·군의회 의원들과 관계 공무원 연수에서의 필자. (앞줄 오른쪽에서 네 번째)

제17대 국회는 물론 제18대 국회에서도 많은 여성의원들이 선출직의 30%에 대해 여성 공천을 의무화하도록 하는 개정안을 냈으나 확실한 결론은 내지 못하고 있다.

이런 현실에서 정당공천제가 폐지되면 비례대표제도 함께 사라지게 된다. 여성의 정치참여 확대를 위한 아무런 장치나 대안 없이 정당공천제도만 사라진다면 대한민국 여성 정치는 후퇴하게 되어 있다. 그동안의 족적은 마치 홍수에 집과 땅이 사라지듯 지워져버릴 것이다.

현재 우리 농촌은 노인 문제가 심각하다. 농산물 가격의 하락으로 신빈곤층이 날로 늘어만 가고 있다. 다문화가정 또한 증가할 것이다. 이들을 따뜻하게 보살피고 돌볼 수 있는 여성 의원의 역할이 절실히 필요한 때이다.

따라서 기초의회에 비례대표제가 반드시 유지되거나 아니면 여성지역할당제를 도입하여 여성이 기초의회에 많이 진출하도록 하는 문제를 간과해서는 안 된다. 여성단체들이 제안하고 있는 남녀동반선출제나 당선보장제 등 각계각층의 아이디어를 한데 모아야 할 것이다.

노인 문제, 여성 문제, 아동 문제에 이르기까지 우리 사회의 초석을 다지는 문제를 여성 없이 해결할 수는 없다. 지방 정치를 생활 정치라고 하는 이유, 그리고 왜 여성이 생활 정치의 주역이 되어야 하는지는 더 이상 재론의 여지가 없다.

이송희

사과향이 짙은 충·효·예의 고장 예산에서 태어나서
살고 있습니다. 넉넉하지 못한 가정의 6남매 중 맏이로 태어나
힘들고 어려운 사람들과 이웃이 되어 생활하면서,
이웃을 사랑하고 섬기는 방법을 배웠습니다.
노동 운동(근로자 대표)과 소비자 보호활동(주부교실 예산군 지회장),
예산군 여성단체 협의회장 등 봉사 활동을 통해서
이웃 사랑을 실천해오다 2006년 지방선거에서 예산군의원으로
정치에 입문하였습니다. 소외 계층 없는, 모두가 행복한 사회를
만들기 위해서는 따뜻한 마음과 섬세한 눈을 가진 여성의 정치 참여가
필요하다고 믿기에 오늘도 최선을 다해 뛰고 있습니다.

스웨덴을 알면

조
마
리

그리운 스웨덴

'Från vaggan till graven.'는 '요람에서 무덤까지'라는 뜻으로 스웨덴의 복지를 설명하는 말이다.

'여성이 행복한 나라', '양성 평등 모범 국가'는 스웨덴을 얘기하는 또 다른 말이다.

나는 세계 여러 곳에서 이상적인 나라로 통하는 스웨덴에서 초등학교, 중학교, 고등학교를 졸업했고 대학을 다녔으며 한때 신문사에서도 활동했다. 성장기와 젊은 시절을 스웨덴에서 보낸 것이다.

그곳에서 만난 여성들의 큰 체격이 아직도 생생하게 기억난다. 한국 여성들과는 달리 덩치가 크고 튼튼한 골격은 그들의 당당함을 돋보이게 했다. 일상생활에 있어서도 스웨덴 여성들은 외모를 치장하기보다는 활동적이었던 것으로 기억한다.

1988년 나의 조국, 대한민국에 대한 그리움과 호기심으로 귀국해 지금은 서울에서 생활하고 있다. 하지만 학창 시절과 대학 시절을 스웨덴에서 보냈기에 그곳은 늘 나의 기억에 있으며 가끔은 그리움이 되곤 한다.

면적은 크고 인구는 적은 스웨덴 왕국

올해는 대한민국과 스웨덴이 외교를 맺은 지 50년이 되는 해이다. 스웨덴은 제2차 세계대전 당시 전쟁에 참여하지 않고 중립국 신분으로 평화를 지속시킬 수 있었기 때문에 전통적인 사회 구성도 유지해나가면서 경제적 정치적 발전을 이룩하였다. 덕분에 과학과 문화 분야에서도 지도적인 위치를 누릴 수 있었던, 어쩌면 행운의 나라이다.

노벨상으로도 널리 알려져 있는 스웨덴의 위치는 북위 55.5°

그리움의 대상이 되곤 하는
스웨덴의 스톡홀름시청 전경.
필자가 직접 그렸다.

~69°. 스칸디나비아 반도에 자리 잡고 있다. 북극에 가깝기 때문에 여름에는 밤이 되어도 해가 지지 않는 백야와 같은 환상적인 체험도 가능하다.

면적은 한반도의 두 배나 되지만 인구는 900만 명에 불과하다. 스칸디나비아 산맥을 중심으로 노르웨이와 맞닿아 있으며 남북으로 길게 뻗어 있는 형태다. 수도는 '스톡홀름'이다.

스웨덴은 국왕이 있는 입헌군주제의 나라이기 때문에 정식

명칭은 스웨덴 왕국이다. 2008년 4월에 우리나라를 방문한 칼 구스타프Carl Gustaf 16세가 스웨덴 국왕이다.

삼권분립제를 채택하고 있는 스웨덴의 입법권은 국민의 주요 대표기관인 의회만이 가진다. '리크스다그Riksdag'라고 불리는 스웨덴 의회는 단원제이며 선거는 4년에 한 번씩 한다. 18세 이상이면 의회 선거와 지방선거 투표권을 갖는다. 피선거 자격도 남녀 모두 18세 이상이다.

스웨덴의 주요 정당으로는 사회민주노동당 외에 중앙당, 보수당, 자유당, 기독교민주당, 신민주당 등이 있다. 2006년 선거에서 온건당, 자유당, 중도당, 기독교민주당 연합이 새 정부를 구성했다. 그 전에는 사회민주당이 오랫동안 정권을 잡고 있었다.

행정권은 내각에 있으며, 내각은 국회에 대해 책임을 진다. 총리, 부총리 각 한 명과 열 개 부처에 장관 열여덟 명이 있다. 모든 행정사항은 최소한 다섯 명의 각료가 출석한 각의에서 결정되며, 각의는 보통 일주일에 한 번 개최된다.

**'요람에서
무덤까지'의 뜻**

'요람에서 무덤까지'는 국가가 국민을 끝까지 책임지겠다는 의미이다. 원래 전통적으로 가정의 영역에서 해결해야 했던 육아나 건강과 같은 문제들을 공공부문에서 담당한다는 의미다.

가족들이 해결해야 하는 문제는 현실적으로는 주로 여성들이 담당해왔으므로 이는 여성의 일거리를 사회화한다는 의미이기도 하다. "아이를 낳기만 하십시오. 국가가 키우겠습니다."라는 참여정부의 구호가 같은 뜻의 한국 버전이 아닌가 싶다. 육아에 발목이 잡혀 사회에서의 성장을 포기해야 했던 한국 여성들에게 참여정부의 구호는 엄청난 기대를 줬던 것은 분명하다.

학교생활을 스웨덴에서 하면서 누린 가장 큰 혜택 중 하나는 무료 교육이었다. 덕분에 나는 초등학교에서 대학교까지 전 과정을 경제적인 부담 없이 다닐 수 있었다. 고등학교부터는 원한다면 누구나 생활비 일부를 지원받을 수 있고 융자도 받을 수 있다.

스웨덴에서 의무교육은 중학교 3학년인 '9학년'까지지만 대부분 사람들이 고등학교까지 진학한다. 우리나라에서는 필수과정으로 여기는 대학교는 정말 공부에 적성이 맞는 사람만 간다.

대학원까지 진학을 한다면 대학원 학비도 국가에서 지원해주므로 연구 쪽을 선택한 사람은 연구에만 몰두할 수 있다. 뿐

만 아니라, 직장에 근무하다가도 필요한 공부가 있으면 휴직을
신청해 한동안 공부하고 다시 복직을 할 수 있다. '평생교육'이
라는 개념은 스웨덴에서는 오래됐다고 할 수 있다.

스웨덴의 이같은 복지는 "능력에 따라 개인이 부담하고 필요
에 따라 개인에게 지원한다."는 것이 원칙이다. 자본주의라고
도, 또 사회주의라고도 딱 부러지게 말할 수 없는 스웨덴만의
복지 정책은 공공부문이 중심이 된다. 그래서 그런지 경쟁심
같은 것보다는 서로를 배려하는 생각을 키울 수 있었다.

가끔 한국 언론에서 스웨덴의 복지 모델이 실패했다는 주장
을 듣기도 하는데 내가 기억하는 스웨덴은 그렇지 않다. 국가
가 모든 복지를 책임져주지만 그 시스템에 노골적으로 의지하
는 사람들은 그렇게 많지 않다.

스웨덴 사람들도 열심히 일한다. 그리고 그들은 검소하다.

국민은 평등하다　　　　국민들이 공평하게 행복추구
권을 누려야 한다고 믿는 스
웨덴은 성별 문제도 예외가
아니다. 당연히 여성의 정치 참여 역시 활발하다. 많은 한국 여

성들이 스웨덴에 관심을 기울이는 것도 그 때문이라 생각된다.

스웨덴에서는 대부분의 사람들이, 여성이든 남성이든 성별에 관계없이, 만 18세가 되면 사회적으로 독립하게 된다. 이 시점이 사회활동을 시작하는 계기가 되며 부모로부터 경제적으로 독립하게 된다. 이런 사회에서 성장한 나도 일찍부터 독립심을 키울 수 있었다. 대학교 과정과 병행하여 아르바이트를 하면서 용돈은 스스로 벌었다.

고등학교 때부터 나는 여성 운동에 참여했다. 시간이 있을 때마다 'Fredrika Bremer'라는 여성단체의 모임에 참석하곤 했다. 그때 다른 여성들과 많은 토론을 할 수 있었다. 어린 나이에 앞서 가는 여성 지도자들과 접하면서 바람직한 여성상에 대해서 구체적인 그림을 머릿속에 그릴 수 있었던 것 같다.

직장에 나가든지 대학교에 진학을 하든지 모든 선택은 스스로 하되 나라의 도움과 지원을 받을 수 있다. 이런 사회 분위기에서 여성과 남성이 만나게 되기 때문에 자립적인 여성으로 성장하는 데에 도움이 된다.

자녀 양육 과정에서도 국가로부터 많은 보장을 받는다. 스웨덴은 남성이나 여성 모두가 가정 경제와 육아에 동등한 책임을 나눈다. 스웨덴의 육아 휴직은 13개월 동안은 80%의 급여를 받을 수 있으며 나머지 3개월은 1일 정액으로 사용할 수 있다.

중요한 것은 이 중 2개월은 반드시 아빠가 써야 하는 강제 조항이 있어 아빠들의 육아 참여를 자연스럽게 유도하고 있다는 점이다.

아동이 12세가 될 때까지 60일의 아동간병휴가를 받을 수 있다. 이때도 월 평균 소득의 80%가 지급된다.

이혼을 하거나 기타의 이유로 남녀가 헤어지게 될 경우, 스웨덴 여성들은, 여성이기 때문에 겪는 여러 가지 문제들을 감정적으로보다는 이성적이고 원만하게 해결하는 능력을 키우고 있다. 여성은 약 76%, 남성은 약 80%가 직장을 가지고 있다.

이혼 시 양육비를 지급하기로 한 부모는 반드시 이행해야 한다. 만약 그렇게 하지 않으면 기본적인 양육비를 국가가 우선 지급할 정도로 아이들 양육을 중요하게 여긴다.

세계 최초로 자녀 체벌을 법적으로 금지한 나라도 스웨덴이다. 초등학생이 매를 맞았다면 가해자가 부모일지라도 그들을 고발할 수 있는 권리를 갖고 있다. '사랑의 매'라는 것을 인정하지 않는 사회이다.

여성들에게 큰 부담이 될 수 있는 노부모의 부양은 전적으로 국가가 맡아서 하고 있다. 이처럼 여러 가지 면에서 여성에 대한 배려가 깊기에 스웨덴 여성들은 어느 나라 여성보다 국가적인 행정의 지도자로서 정치 활동에 참여하고 있는 비율이 높을

뿐더러 정계에 진출한 여성들이 상당히 광범위하게 활동하고
있다.

스웨덴의 정치　　　　스웨덴의 정당은 이익을 대
변하고 대표할 수 있는 조직
이다. 정당이 뿌리 내렸기 때
문에 사회 참여가 자연스럽게 높다. 여성들 또한 자신들의 목
소리를 낼 수 있는 사회 참여에 익숙하다. 원한다면 지역 곳곳
마다 당별로 참여할 수 있는 기회가 매주 있다. 정치적인 관심
을 갖고 있는 대학생들에게는 '서클' 활동 대신에 정치에 참여
할 수 있는 기회를 많이 만들어주었다. 당 대표자도 비교적 쉽
게 만날 수 있었고, 정치 지도자들 또한 대학 대강당에서 특별
강의를 자주하고 토론 시간도 자주 갖는다. 나는 이런 강의에
자주 참가했고 그때부터 나의 정치적인 관심도 함께 싹트기 시
작했다.

　스웨덴에서는 정당에서 활동하는 여성의 수가 많기 때문에
정당은 여성들의 존재를 의식하지 않을 수 없다. 선출직 의원
가운데 여성의 비율은 국회의원 47%, 지방자치단체장 41%, 지
방의원 41%를 차지하고 있다.

할당제를 도입하기 이전부터 이미 여성들이 의회에서 차지하는 비중은 20% 선을 넘었다. 스웨덴에서 할당제를 도입한 것은 의회보다는 행정 분야에서 여성의 대표성을 높이기 위한 방책이었다.

스웨덴은 또 투명한 사회로 알려져 있다. 투명한 사회를 만들려면 공공부문의 자정 노력도 커야 하지만 높은 정치 참여에도 그 답이 있다. 내가 스웨덴에서 학교에 다닐 때인 1970년대 총선 투표율은 90%를 넘어섰다.

이런 높은 투표율에는 정치인, 특히 선거를 통해 당선된 정치인들이 국민들과 한 약속을 제대로 지키는지를 감시하는 주권의식이 담겨 있다. 4년마다 한 번씩 실시되는 총선은 정치인을 철저히 감시한 후 냉정하게 평가하는 일종의 '심판'의 날이다. 한국에서 많이 듣게 되는 "공약은 공약일 뿐"이라는 말은 스웨덴에서는 통하지 않는다. 물론 도덕적인 잣대 또한 엄격하다.

한국 땅에서 스웨덴의 '볼보' 차량을 만나기는 그리 쉽지 않다. 독일의 유명 자동차들이 훨씬 많이 눈에 띈다. 그러나 볼보를 타는 사람들 중에 그 차의 우수성을 칭찬하지 않는 사람은 드물다.

스웨덴은 자동차 산업도 발달됐지만 스칸디나비아 반도 북부 노를란드 지역에 광대한 자원을 보유한 자원강국이기도 하다. 이 자원들은 유럽 땅을 중심으로 두 번에 걸쳐 벌어진 세계대전에서 전쟁 당사국들의 수요가 급증하면서 스웨덴 산업의 성장 동력이 됐다. 스웨덴이 가난한 농업국에서 선진 산업국으로 거듭난 이유도 여기에서 찾을 수 있다.

스웨덴 최대 갑부 중 한 명이었던 알프래드 노벨이 자신의 재산 대부분을 재단에 기부했듯이 스웨덴의 부는 특수 계층의 전유물만은 아니다. 그들은 함께 하는 사회를 함께 일궈가는 사람들로 기억된다.

우리나라 여성의 위치

내가 본 우리나라 여성의 위치는 유교를 기반으로 남성 위주로 형성된 측면이 많은 것 같다. 국가 권력 또한 남성이 차지하고 있다. 때문에 사회 및 가족에 충실한 여성은 남성에게 도움을 주는 자세를 무의식적으로 자기 운명으로 받아들일 수밖에 없을 것이다. 그런 전통과 역사는 쉽게 사라지지 않고 있다.

우리나라 여성의 위치에 큰 변화를 가져온 것은 제2차 세계

정당은 정책에 대한 내 의견을 피력하기 위한 통로이다. 세종시를 원래 계획대로
추진해야 한다는 나의 생각을 자유선진당 천만명서명운동을 통해 표현했다.

대전 후 미국의 영향이 아닌가 생각한다. 이때 여성의 존재나
위치에 미치는 영향은 처음에는 보이지 않을 정도로 약했으나
점차 커다란 변화를 가져왔다.

한국전쟁과 그 이후 닥친 절대빈곤 속에서 우리나라 여성의
정치적인 위상은 찾아볼 수가 없었다. 가정 유지에 급급하여
사회나 정치에 관여할 겨를도 없었다.

이런 위기를 지나 최근에 급속한 경제 발전과 민주화를 거치
면서 우리나라 여성의 위치는 다시 큰 변화를 가져왔다.

비교적 짧은 기간인 50여 년 만에 다방면으로 눈부시게 발전
을 이룬 우리나라는 어느 나라도 부럽지 않는 문화적 사회적 위

상을 이루게 됐다. 봉사를 비롯한 각종 사회활동에 많은 여성들이 참여하고 있다. 멀지 않은 미래에 많은 여성들이 정치에도 적극 참여하여 정치 지도자로서의 위치를 차지할 것이다.

여성이 정치를 해야 하는 이유

나는 스웨덴에서 여성의 활발한 정치 참여를 보아왔기 때문에 여성이 정치에 참여해야 하는 이유를 몸소 느낄 수 있었다.

육체적인 힘을 필요로 하는 분야에서 여성은 남성보다 약할 수 있다. 반대로 후손을 생산하고 양육해야 하는 의무는 남성보다 여성이 크다.

우리나라처럼 다방면에서 선진국으로 갖추어가는 나라는 여성의 정치 참여가 절대적인 요소로 자리 잡아야 한다.

우선 여성이 사회적이고 가족적으로 독립되어간다는 사실을 알아야 한다. 모든 분야에서 우리나라의 여성들도 선진국과 똑같이 정치 활동을 해야 하고 나라의 지도적인 위치도 차지하여야 한다.

세계적으로 보면 성공적으로 정치 활동을 하는 여성 지도자들이 점차 늘고 있다. 그들이 그 나라의 정치를 잘 지휘하였음은 이미 인정된 사실이며 앞으로도 그럴 것이라고 믿고 있다.

여성의 정치 참여는 ‘남녀 평등권’을 인식시키고 확인시키는 데 큰 역할을 할 것이다. 나아가 능력 있는 여성들을 정치에 앞세우면 어느 때보다 놀랍고 무서운 성장으로 우리나라의 정치 발전을 실현시킬 수 있을 것이다.

**국제성,
여성 정치의 큰 힘**

나는 한국 태생으로 한국에 기반을 가지고 있다. 한국어와 외국어로 의사소통을 할 수 있는 국제성도 지니고 있다. 어려서부터 살던 나라, 스웨덴과 나의 조국인 한국 사회를 알고 있으며 두 나라의 현재와 앞날을 내다볼 수 있는 시야를 가졌다.

이런 배경은 비교분석력을 키워 정치 분야를 연구하고 실천할 수 있는 힘이 되었다. 장점과 단점을 판단하는 힘도 기를 수 있었다. 나의 국제적인 지식과 경험을 여성 정치에 적용, 활약하고 싶다.

“원칙이 있어야 한다.”, “약속을 지키자.”, “배반하지 말자.”, “정확하라.”, “타협하라.” 등등 정치인으로서 지켜야 할 점은 우리나라뿐 아니라 다른 나라에도 해당된다고 본다. 선진 국들의 여성 정치와 비교하면서 어떻게 한국 여성들이 정치에 참여할 것이냐는 의문을 가져본다. 이런 면에서 나는 두 가지를 병행해야 한다고 생각한다. 더 많은 여성들이 정치에 직접 참여해 활동을 시작하고 동시에 스웨덴과 같은 여성 정치가 발달된 나라의 강점을 분석하여 가능한 한 우리 것으로 만들어야 한다.

내가 지지하고 있고 힘을 보태고 있는 정당이 여성 정치에서도 우수성을 나타내 인정을 받고 으뜸가는 파워를 발휘할 수 있었으면 한다. 이것이 내가 여성 정치에 관심을 두고 활약하는 이유이며 미래이다.

조마리

한국에서 태어나 스웨덴에서 자랐습니다.
스톡홀름대학교 동양어학과를 졸업하고 그리운 한국 땅으로
건너와 서울대학교에서 의과대학을 다니다 중퇴했습니다.
생명보험회사에 입사하여 현재 보험설계사로 일하고 있습니다.
자유선진당 중앙여성위원회 자문위원으로도 활동하며
자신의 경험이 소중하게 쓰이길 기대하고 있습니다.

NGO, 새로운 정치의 실험장

김지현

**서른 살에 만난
또 다른 세상**

"서른, 잔치는 끝났다."던 한 시인의 시구처럼 나에게 30대는 고민과 함께 찾아왔다. 30대가 넘어가면 일과 성공, 결혼 등에서 어느 정도 안정되리라 생각했지만 여전히 인생길에서 방향을 결정하지 못한 채 좌충우돌했다. 누군가는 30대가 인생의 황금기라던데, 막상 나에게는 그 말이 통용되지 않는 것 같았다. 하루하루 눈앞에 닥친 문제 해결에만 신경 쓰다가 이제 와 적성에 맞는 새로운 일을 해 보자니 나이가 걸리고, 현재 속해 있는 조직에 대한 확신이 있

NGO 활동은 작은 정치다. 필자가 참여하고 있는 NGO 단체의 창립 기념식에 회원들과.
(맨 뒷줄 왼쪽에서 세 번째가 필자)

는 것도 아닌지라 커리어에 대한 목표는 점점 희미해져갔다. 그
러던 순간 우연히 접하게 된 NGO비정부기구. 이를 통해 나는 또
다른 세상을 알게 되었고 그것이 인생의 방향을 잡아주었다.

NGO와의 첫 만남

대학에 진학한 이후 '내 학비
는 스스로 해결한다.'는 생각
으로 학교 공부와 함께 아르
바이트를 병행했다. 낮에는 학교에 다니고, 밤에는 시급이 높
은 야간 아르바이트를 하거나 학원과 과외 강사로 이리저리 뛰

며 학비와 용돈을 마련했다. 나이도 어렸고, 그저 20대 젊은이답게 하루하루 열심히만 살고 있었으니 당연히 정치는 관심 밖이었다. 신문과 방송을 통해 정치에 대한 소식을 매일 접하면서도 정치를 내 삶과 연관시켜본 적도 없었다.

그러던 내게 정치는 NGO라는 징검다리를 통해 찾아왔다. NGO를 만나게 한 인물은 대학 은사인 황인자 자유선진당 여성위원장. 전공인 가족복지학을 살려 여성가족부 산하 기관에서 사회 초년생으로서 경력을 막 쌓기 시작한 그때 황 위원장은 "이제 전문직 여성으로서의 역량을 발휘할 때가 되었고, 여성으로서 여성단체가 어떤 곳인지 경험할 필요가 있다."며 한 여성단체전문직여성한국연맹, BPW의 행사에 나를 초청했다. 그 단체에 소속된 여성들은 현업에 종사하면서도 '여성'의 발전을 위하여 자신이 가진 능력과 지식을 통해 사회에 봉사하고자 하는 공통적인 생각과 목표를 가지고 있었다.

그렇게 접하게 된 여성 NGO 활동을 통해 나는 여러 가지를 알게 되었다. 이 조직은 위원회나 이사회가 가동되어 각종 안건을 심의하고 각각의 전문기구도 두고 있었다. 또 정당이 각 지방 시·도·군·구에 당 조직을 두듯 지방 지부가 구성돼 있어 통합적이면서도 독자적인 사업을 이어나가기도 했다. 그리고 1~2년마다 개최되는 회장 선거 기간이 되면 사람들은 리더로서 적절한 인재를 추천하고, 마치 국회의원 선거처럼 공천위원회의 심사를 통해 최종 후보자를 가려, 정견발표와 선거를 통해 최종적으로 리더를 선출했다. 이런 방식은 매스컴을 통해 접해온 정치와 참으로 비슷했다.

다른 게 있다면 현실 정치가 거의 대부분 남성에 의해 독점되어 있는 반면, 여성 NGO의 모든 의사 결정과 권한의 주체가 여성이라는 점이었다. 처음에는 아무것도 모르고 시작했지만 지난 4년간의 NGO 활동을 통해 나는 자연스레 정치의 한 단면을 체험하였다. 각 집단들의 차이와 다양성을 조정하고 유기적으로 통합해나가는 새로운 힘을 경험했다. 그 경험을 통해 정치가 나의 일상과 분리되어 별도로 존재하는 영역이 아니라 우리 일상 속에서 작동하며 내 안에, 내가 속한 조직에 내재되어 있는 것임도 깨닫게 되었다.

여성 정치와 NGO

한국의 여성 정치는 여성 NGO에 의해 시작되고 발전되었다고 한다. 이는 제도 정치에 대한 비판으로 출발하여 여성 문제를 여론화함으로써 여성 정책의 디딤돌이 되었다. 그후 정치제도에 대한 불신과 같은 소극적 성격에서 정치 참여 및 정책 발의 등 적극적 성격으로 확장되었고, 특히 여성의 사회 진출 증가, 능력 향상, 여성단체간 네트워크를 기반으로 여성의 정치적 영향력을 점점 확대하기에 이르렀다.

이러한 발전상에도 불구하고 각국의 국회의원 연합체인 국제의원연맹IPU의 통계에 따르면, 2008년 현재 우리나라의 여성의원은 총 43명으로 전체 의원 299명 중 14.4%에 지나지 않는다. 이는 대상 국가 135개국 중 81위에 해당하는 수준이며 르완다, 스웨덴, 핀란드, 아르헨티나 등 여성의원 비율이 40%를 넘는 타국과 비교하면 매우 저조한 비율이라 할 수 있다.

그러나 의원 비율이 낮다고 해서 우리나라 여성 조직이, 여성 정치가 변화하지 않은 것은 아니다. 여성 개개인이 성장한 만큼 다양한 여성의 목소리를 대변해온 여성단체 역시 괄목할 만한 성장을 보여왔다. 이전에는 비정치적으로 여겨졌던 많은 일상사들이 정치적 핵심 과제로 공론화된 것도 여성단체의 성장 발전과 밀접한 관련이 있다. 다시 말해 일상적인 생활 정치의 활성화는 바로 여성단체로부터 시작되었고, 이는 곧 사회의 발전과 시민 정치를 강화하는 과정이라고 할 수 있다.

우리나라와 같이 남성 우월적이고 권위주의적이며 수직적인 문화가 지배하는 사회에서, 여성이 정치권 내에서 할 수 있는 역할은 매우 제한적이었다. 그러나 참여민주주의의 실현에 관심을 가지게 되면서 정치권은 여성 유권자의 표를 의식할 수밖에 없었고, 여성의 목소리에 귀를 기울이기 시작하였다. 이는 소극적으로나마 일상이 곧 정치임을 의미하는 것이며, 일상의 정치 혹은 생활 정치를 통하여 또 다른 측면의 정치 발전이 이루어질 수 있음을 뜻하는 것이기도 하다. 이것이 바로 기존 정치의 약점을 극복하기 위해 등장한 여성, 개혁과 사회 변화의 상징인 여성 NGO가 정치적 영향력을 확대해야 하는 이유이다.

여성 NGO는 제도 정치에 직접적인 강제력을 행사할 수 있을 정도로 성숙해야 하고, 여성이 사회에 다양한 영향력을 행사할 수 있는 다양한 통로를 개발해야 한다. 그렇기 때문에 '여성'이라면 그동안 대변되지 않았던 집단들의 소리를 힘 모아 전달하는 여성 NGO 활동에 적극적으로 참여해야 한다고 생각한다.

여성은 조직을 통해 정치라는 어려운 분야를 쉽게 익히고, 그에 대한 다양한 형태의 감시 방법을 배울 수 있다. 새로운 참여자가 있어야만 기존 경쟁자들의 구도가 변화하고, 개혁과 변화를 통해 여성과 남성이 모두 함께 행복한 세상을 만들 수 있다.

정치는 보다 많은 이들이 행복해지기 위한 수단으로서의 성격이 강하다. 더욱이 그것은 정치하는 이들에게만 주어진 특권이 아니다. 정치는 우리가 살아가는 일상생활에서도 계속해서 이루어지기 때문이다. 이러한 생활 정치가 여성만의 영역으로 고정되거나, 제도 정치의 주변적·보조적 역할로만 머무르지 않도록 노력해야 한다. 여성이 주체가 되는 정치, 여성 스스로 의지를 가지고 적극적으로 참여하는 정치야말로 기존의 정치 패러다임을 변화시킬 수 있는 구심점이 될 것이다.

여성들이 조직화 되고 세력화 되면 여성들에게도 사회적 힘과 정치적 리더십을 발휘할 기회가 주어질 것이다. 더 큰 조직에의 참여를 통해 나 혹은 내 주변인에 국한된 좁은 시각에서 벗어나, 다양한 의견과 이해관계를 조정하여 사회 문제에 적용할 수 있는 능력을 배양해야 한다. 그래서 나는 내 주변의 여성들에게 NGO와 같은 사회단체 활동을 반드시 경험해보라고 이야기하곤 한다. 올바른 신념과 문제의식, 여성 문제에 대한 바른 접근 방법을 가진 여성 리더를 멘토로 삼은 경험, 그것이 나를 여성으로서 온전히 일어설 수 있게 해준 강력한 힘이었기 때문이다. 나는, 나와 같은 시대를 살아가는 젊은 30대 여성들이 NGO 등을 통해 관심 분야에 대한 능력과 경험을 쌓고, 더 나아가 자신들이 가지고 있는 정치적인 힘을 인식하여 사회에 기여할 수 있는 기회를 확대했으면 하는 바람을 가지고 있다.

변화의 키워드, 여성

시대는 변하고, 사람들의 욕구도 하루가 다르게 변화한다. 정치에 대한 불신과 실망은 언제나 있어왔다. 이 시대를 살아가는 우리 젊은이들 역시 낡은 정치, 기존 정치에 대한 비판으로 인터넷 게시판을 달구고 있다. 이제 새로운 정치에 대한 국민의 갈망과 기대를 '여성'이라는 키워드로 풀어야 할 때가 왔다. 기존 정치에 물들지 않은 상대적 순수성, 공정성, 감성적이고 부드러운 이미지 그리고 여성에 대한 신뢰 등이 기존 제도 정치에 대한 대안으로서 여성 정치, 여성 정치인을 찾고 있다.

여성이 리더가 되기 위해서는 먼저 여성들의 사회 참여가 활발해야 하고, 특히 정치인이나 고위직 공무원과 같이 의사 결정권을 가진 여성의 비율이 높아야 한다. 의사 결정권을 가진 여성들이 많다는 것은 그만큼 사회에 양성 평등적 분위기가 조성되어 있고, 리더가 될 수 있는 여성 인적 자원이 충분함을 뜻한다.

여성 대통령에 이어 수도 헬싱키 시장을 배출한 핀란드만 하더라도 2009년 여성권한척도Gender Empowerment Measure가 세계 3위로 여성 의원이 40% 이상, 고위직 여성 공무원의 비율이 30%에 육박한다. 그렇다면 여성권한척도 61위인 대한민국

의사 결정을 할 때면 토론이 쉬지 않고 이어진다. 식당에서 음식을 기다릴 때도 논의는 계속된다. (왼쪽에서 첫 번째가 필자)

여성이 원하는 정치는 무엇이고, 우리나라 여성들은 어떠한 기회를 부여받기 원할까. 아무리 정치가 좋은 방향으로 변화하고, 경제가 고속으로 성장해도 여성 스스로가 여성 문제에 대해 인식하지 못한다면 여성의 삶의 질은 달라지지 않을 것이다.

내가 만나본 전문직·고위직 여성 중에는 '나는 이 분야에서 1등이다. 나는 최고이기 때문에 최고의 대우를 받는 것이 당연하다. 1등은 나 하나로도 충분하다.'며 나 홀로 잘난 생각을 가진 여성들이 더러 있다. 하지만 이러한 사고는 여성들간의 연대 의식을 약화시킨다. 이러한 여성들 역시 NGO를 통해 조직의 일원으로 혹은 리더로서 스스로를 점검하고, 탄탄한 단련을

거칠 필요가 있다. 옛말에 "봉생마중 불부이직蓬生麻中 不扶而直"
이라는 성어가 있다. 원래 옆으로 퍼져 자라는 쑥도 삼밭에서
자라면 부축해주지 않아도 똑바로 자란다는 뜻이다. 나의 성장
을 위해 좋은 환경을 선택하고, 협력과 조화를 통해 사회 곳곳
에서 여성의 정치적 지도력을 보여주는 것. 그것이 바로 여성
이 생활 정치를 실현하는 또 하나의 방안일지도 모른다.

여성 정치의 실험장, NGO

여성 NGO들은 정당의 여성 관련 활동이 거의 없는 상태에서 여성 아젠다를 개발하고, 여성의 정치참여 확대를 위한 다양한 활동을 벌여왔다. 그러나 여성이 바라는 정치는 막연한 기대만으로 실현되지 않는다. 이제 여성은 여성을 대변해줄 정치인과 정당을 기다리는 데 머물 것이 아니라, 여성이 곧 정치 세력임을 드러내야 한다.

여성의 정치 세력화는 환경, 교육, 경제, 문화, 복지 등 자신의 관심 분야에 따라 전문적 영역을 설정하고, 관련 NGO에 가입하여 양파 껍질 같은 리더십과 능력을 가진 이들로부터 배움의 기회를 획득하는 데서 시작된다. NGO는 우리가 무엇을 하고자 하는가에 대한 실험을 기꺼이 허락한다. 그러므로 여성들

은 NGO를 통해 목표와 의지를 뚜렷하게 세우고, 어떠한 상황에서도 소신 있게 일을 추진할 수 있는 판단력과 추진력을 키워나가는 연습을 거쳐야 한다.

NGO는 정부의 손이 미치지 못한 영역에 꾸준한 관심을 가지고 문제 해결을 위해 노력했고, 정부 정책에 대한 건전한 비판 세력으로 성장해왔다. 앞으로도 NGO의 활동 영역과 역할은 더욱 중요해질 것이다. 이제 여성 NGO는 바람직한 거버넌스의 기능을 충실히 이행하기 위해 책임 있고 투명하고 윤리적이고 참여적인 개혁의 중심에 서야 한다.

여성은 직장 내 성 차별, 학교 급식, 성매매 피해여성 보호, 영유아 보육, 학원 폭력, 어린이 교통안전, 도로 확장, 아파트 관리의 투명화, 녹지 환경 보호, 에너지 자원 보호 등의 문제에 대해 여성적 시각으로 접근할 수 있다. 또 정치·사회적으로 소외되었던 집단으로서의 경험을 통하여, 보다 소외되고 약한 계층을 위한 정책적 대안을 모색할 수 있다. 이처럼 여성들이 중심이 되어 사회의 문제에 관심을 가지고, 생활환경을 개선해나가며 일상의 문제를 정치화시킨 사례 하나하나가 곧 여성 정치 활동의 발자취라고 할 수 있다. 이런 발자취가 삶의 현장에서 건강한 사회를 만들어보려는 여성들의 의미 있는 움직임이고, 새로운 정치 문화를 만들어나가려는 노력인 것이다.

우리 사회의 희망, 30대 여성

우리나라는 여성부 신설 등을 통해 남녀차별 해소 방안을 꾸준히 추진해왔다. 하지만 남녀간 평등 정도는 여전히 세계 최하위권이다. 세계경제포럼World Economic Forum이 최근 발표한 '2009년 세계성격차보고서Global Gender Gap Report'에서 한국은 134개국 중 115위였다. 특히 여성의 의회·고위공무원·경영진 진출은 114위, 각료 진출은 124위로 정치와 경제 부문에서 바닥권을 벗어나지 못했다. 대한민국의 여성들은 국가경쟁력 세계 19위, 성 격차 115위의 심각한 불균형 시대를 살아가고 있는 것이다.

이제 세상은 여성을 주목한다. 변화의 흐름은 여성에게로 오고 있다. 우리 사회의 절반을 차지하는 여성의 목소리와 입장을 제대로 반영하고, 여성을 억누르는 사회적 구조를 깰 수 있는 열쇠를 가지고 있는 정치적 존재는 여성뿐이기 때문이다.

정치란 나의 생각을 표현하고, 누군가를 지지하고, 나의 의견을 세력화하는 것이다. NGO 활동, 정당 활동, 여성 후보자를 지지하는 행위 역시 정치이다. 공직자, 정부, 체제, 문화, 사회, 경제 문제에 관한 표현의 권리 역시 정치라 한다면, 사회를 변화·발전시키기 위해 여성이 할 수 있는 정치적 역할은 점점 확대될 것이다. 이런 관점에서 삶의 현장 안의 모든 사람들은 정치 현장에 서 있다.

그저 바쁘게만 살아가던 일상의 한 사람이었던 나 역시 어떤 한 사람을 통해 삶의 정치에 뛰어들게 되었다. 이렇듯 사회의 변화는 '사람'을 통해 이루어진다. 이제 그 변화의 역할을 누가 담당할 것인가? 불안한 현실 속에서도 여전히 자기 역량을 갈고 닦기 위해 열심히 달리는 30대, 20대의 어설픔을 벗어나 단단한 내면을 갖추어가는 30대, 변화와 혁신을 주도하는 30대, 그리고 자신의 삶을 책임지기 위해 오늘도 묵묵히 제자리를 지키는 30대가 바로 그 해답이 될 것이다. 그런 30대 여성들에게서 우리 사회가 희망을 찾고 있다.

김지현

상명대학교 가족복지학과 석·박사통합과정에 재학 중으로
정부 산하 가족복지전문기관, 전문직여성단체,
한중학술문화교류단체 등 다양한 NGO에서 활동하며
여성과 사회에 관심을 가지게 되었습니다.
최근 한 NGO에서 실무를 경험하며 사람들과 마음을 나누면서
사람 사이의 역학관계와 상호작용을 알아가는 일에 열정을 쏟고 있습니다.

공직과 정치,
여성이 2% 부족한 곳

*

황인자

일단 시작부터 하라

*

이용희

뜨거운 2라운드

일단 시작부터 하라

이용희

기적을 만들었던 태안

2007년 12월 서해안 기름유출 사건이 일어났을 때 나는 태안군의회 의장이었다.

해수욕장으로 유명한 만리포 북서쪽 10km 지점에서 해상크레인이 유조선과 충돌하여 원유 1만 2,547kl가 유출된 이 사건은 사상 최대라는 말 이외에는 설명할 길이 없을 정도로 참혹하게 태안 일대를 검게 물들였다.

사고가 발생한 지 한 달 만에 태안군 일대 양식장을 비롯한 해수욕장과 어장이 기름띠로 피해를 입으면서 태안·서산·보

서해안 기름유출 사고로 죽어가던 태안군 바다는 자원 봉사자들의 손길로 기적처럼
살아났다. 필자는 유류피해대책연합회 초대회장으로 그 기적의 대열에 함께 했다.

령·서천·홍성·당진군 등 6개 시·군이 특별재난지역으로 선포
되었다.

영원히 살아날 수 없을 것 같던 바다는 그러나 백만 명이 넘
는 자원 봉사자들의 손길로 숨통을 열며 기적을 만들었다. 기
적이 일어나던 그때, 나는 태안군 유류피해대책연합회 초대회
장을 맡아 뛰면서 믿기지 않는 일을 함께 만들어갔다.

의장실을 찾아 대책을 호소하는 피해 주민들의 입장이 되어
정부 부처를 방문하고 건의서를 발송하면서 그들이 입은 피해
에 대한 적절한 보상이 이루어지도록 하는 것은 나의 몫이었다.
그들과 함께 눈물을 흘리며 뛰었던 그때는 내게도 기적이었다.

당시 태안 군민이 겪은 아픔은 12월의 강풍보다 더했다. 태안군은 사계절 바다를 터전으로 벌어들이는 수입과 관광 수익으로 지역 경제를 이끄는 곳이라 기름유출 사고는 태안군의 경제를 마비시켰다. 어장 총 면적의 82%에 해당되는 4,650여 ha가 피해를 입었다.

바다가 다시 숨을 쉬고 난 뒤에도 생태복원작업은 오래 걸렸다. 어민들의 어획량도 쉽게 회복되지 않았다. 게다가 어민들이 입은 피해에 대한 보상을 받기 위해서는 피해 규모를 입증시켜야 하는 난관이 있었다. 그날그날 벌어서 사는 어민들에게는 피해 규모를 입증할 영수증이 없었다. 전문가들로부터 자문을 구하며 이리 뛰고 저리 뛰었지만 여전히 숙제는 끝나지 않았다.

의회 차원에서도 나는 군의원들과 해외연수비용으로 책정된 국외여비 2,054만 원을 전액 반납키로 결정했다. 모든 의원들이 자발적으로 예산을 줄인다는 차원에서 국외여비 전액을 삭감하는 결정을 내렸던 것이다.

2009년 봄 안면도 국제 꽃박람회에서도 태안군 의원들은 자발적인 홍보맨이 되었다. 전국의장협의회 정기 총회 등을 쫓아다니며 박람회를 알렸다.

안면도 꽃박람회는 단순한 박람회가 아니었다. 태안이 기름유출 사고의 상처에서 벗어나 꽃다지해수욕장, 만리포해수욕장 등 이름만 들어도 설레는 예전의 태안으로 돌아가기 위한 새로운 이정표의 구실을 하는 것이었다.

군의회 의장으로서, 군민을 대표하는 의원의 한 사람으로서 어깨띠를 메지 않을 수 없었다.

나를 수식하는 말들

나를 소개하는 몇 가지 말이 있다. 태안군 최초의 여성의원, 충청남도 최초의 여성의장 그리고 전국 최초의 여성 연임 의장.

내가 지방 정가에 첫발을 내딛은 것은 2002년 제4대 태안군의회 의원선거이다. 여성단체 활동을 열심히 했던 나는 여성단체들이 목청껏 외치는 여성의 정치 참여와 권익 신장을 위해 직접 나서기로 결심하고 출마했다.

많은 여성들이 비례대표를 통해 지방의회에 진출했지만 나는 과감하게 지역구를 선택했다.

처음 출마를 결심하였을 때는 주위로부터 많은 충고가 이어졌다. 당선에 대한 확신이 없었기에 포기하라는 권고도 많이 있었다.

출마 결심을 했을 때부터 그런 충고에 흔들리지 않으려고 애썼다. 주사위를 던져놓고 난 뒤에는 결과를 받아들이기로 했다. 포기하면 안 된다는 의지를 가지고 선거운동에 돌입하였다.

2002년 선거에서 여성 당선자는 5%가 되지 않았다. 당연히 선거는 어려웠다. 남성에 비해 현격하게 떨어지는 지지 기반 열세는 물론, 아내로서 어머니로서의 역할을 병행해야 하는 어려움은 정치에 입문하는 새내기에게도 예외가 아니었다.

해가 움직이면 그늘의 위치도 바뀌기 때문일까? 여성이라는 어려움을 잘 살리니 오히려 이점이 되었다. 주민들의 실생활을 알고 그들과 얘기하며 그들이 필요로 하는 공약을 만들자 여론이 슬슬 움직이기 시작했다.

여성의 섬세함은 이때 엄청난 힘을 발휘했다. 당당하게 제4대 태안군의회 의원으로 당선됐다. 그때의 기분은 장원급제라도 한 것 같았다고 할까? 군민들은 내게 늘 이렇게 말한다.

"수탉을 거느린 학 같은 기품이 인상적인 사람이다."

하나뿐인 여성의원

제4대 태안군의회 의원으로 화려하게 정치에 입문했지만 초기에는 많은 어려움이 있었다.

여덟 명의 의원 중 여성은 나 혼자였다. 소수의 입장에 서본 사람은 알겠지만 소수이다 보면 여러 가지 의견을 제시해도 늘 뒷전이 된다. 항상 주민과 함께 해야 하는 입장이기에 가정에 소홀해지지 않으려고 안간힘을 쓸 때마다 힘에 겨울 때가 많았다.

하지만 가족의 이해와 홍일점 의원이라는 장점을 살려 의원 생활을 하자 의회 내에서도 어느 정도 인정을 받게 되었다. 제4대 의회 후반기에는 부의장 선거에 출마하여 부의장에 당선되었다. 초선 여성의원으로서는 좀처럼 이루기 어려운 일들이었지만 일단 정치를 시작한 내게는 크게 어려운 일이 아니었다. "시작이 반이다."라는 말의 뜻을 이해할 수 있었다.

제4대 태안군의회 의원으로 당선된 후 내가 가장 자부하는 것은 여성도 사회 참여와 정치 참여가 가능하며 꼭 필요하다는 것을 확인시켰다는 것이다. 나의 존재 자체가 그 모든 것을 입증했다. 여성의 권익 신장을 위한 기반을 마련하기 위해 나는 부단한 노력을 했다고 자부한다.

2006년 제5대 태안군의회 의원선거에 다시 출마했다. 이미 기반을 다져놓은 곳이기에 4대 선거처럼 어렵지는 않았다. 여성의 권익 신장이라는 대의명분을 앞세우며 나는 또다시 도전장을 내밀었다.

지방의회는 여성을 기다리고 있다. 태안군의회 의장인 지금, 여성이라서 겪었던 어려움은 오히려 이점이 돼가고 있다.

결과는 재선이었다. 2006년 태안군의회 제5대 의원으로 당선되었다.

재선 의원이 되자 내 꿈은 더 커졌다. 많은 여성들에게 본보기가 되기 위해 제5대 태안군의회 원 구성을 위한 전반기 의장선거에 출마하기로 결심하고 이를 실행에 옮겼다.

그동안 남성들의 전유물로만 여겨졌던 정치 활동에 여성이 참여하고, 이어 의장선거에 출마한다는 것은 생각도 하지 못할 일이었다.

하지만 나는 여성도 할 수 있다는 것을 보여주기 위해 정치에 참여했고, 당당히 전반기 의장에 당선될 수 있었다. 전반기 의장에 당선되면서부터는 여성을 위한 정책 제안과 지원에 더욱 더 박차를 가하였다.

**전국 최초의
여성 연임 의장**

태안군의회 제5대 후반기 의장선거는 사실 쉽지 않은 선거였다. 하반기 원 구성을 위한 의장, 부의장 선거가 모두 결선 3차 투표까지 갔다. 언론들은 이같은 뜨거운 선거를 대립 양상이라고 하며 원만한 의회 운영을 위해서는 신임 의장단이 의원들을 하나로 묶는 부단한 노력이 시급하다고 평가하기도 했다.

군의회 의장으로서 내가 가장 염두에 둔 것은 군민의 복지 향상과 민의 반영이었다. 의장 재선은 이런 내 의지를 더욱 더 확고하게 하라는 뜻이라고 받아들였다. 세 번씩이나 이어지는 투표를 통해 당선된 만큼 군민의 복지 향상과 참된 의정 구현을 완벽하게 마무리하라는 것으로 이해했다.

더욱이 하반기 군의회 의장에게는 기름유출 피해 복구와 군민에 대한 보상 문제가 발등에 떨어진 때였다. 중요한 시기에 중책을 맡게 됐을 때 느끼는 무거운 책임감이 엄습해왔다. 그때 나는 결심했다. 군민의 뜻을 올바르게 이해하고 반영하기 위해 최선을 다해야 한다고. 그리고 동료 의원들과 공직자들과 최대한 협의를 해야 한다는 것을.

후반기 의장선거에 당선되면서 나는 전국 최초의 연임 여성 의장이라는 타이틀도 달았다. 이 타이틀은 정치 활동에서 여성이라는 약점을 강점으로 바꾸려 노력한 결과다. 여성도 할 수 있다는 신념을 가지고 꾸준히 사회활동을 펼쳐왔기에 가능했다고 생각한다.

지금은 그동안 가정에서 아내로서, 며느리로서, 어머니로서 집 밖을 나오지 못하고 있던 여성들도 자신의 자아실현과 사회 구성원으로서 지역 발전은 물론 국가 발전에 한 몫을 할 수 있도록 국가적인 정책이 필요한 시기다.

나는 이러한 점을 감안하여 여성이 사회에 참여할 수 있는 기반을 마련하고 전문 지식을 습득할 수 있도록 노력하고 있다.

여성회관 건립을 통하여 여성들이 취미 생활은 물론 함께 연구하고, 서로 정보를 교환하며, 자아실현을 위한 교육, 사회 공헌 활동 등을 할 수 있도록 지원하고 있다. 여성대학을 개강하고 많은 사업을 지원하여 여성의 사회 참여를 활발히 하고, 정치에 참여할 수 있도록 박차를 가하고 있다.

다문화가정 또한 관심을 두고 있다. 먼 타국에서 사랑만 믿고 이국땅으로 온 여성들이 향수에 젖지 않고 우리나라의 구성원으로 하루빨리 적응하고, 함께 사는 사회를 만들기 위해서도 다양한 프로그램을 운영하고 있다.

할 일은 아직도 많아

사회에 참여하려는 여성들의 발목을 잡는 것은 노인과 아이들 그리고 식사 문제다. 이른바 돌봄 노동. 이런 일들을 국가가 해결해줘야만 여성들이 사회로 나오는 장벽이 없어지는 것이다.

초고령화시대를 맞아 어르신들의 편안하고 행복한 노후 생활 영위는 이제 지방자치단체의 몫이다. 이런 부분들은 여성의원들의 섬세한 손길이 있어야 현실적인 정책들이 나온다.

청소년 문제 역시 마찬가지다. 우리의 미래이자 희망인 청소년의 건강한 정신과 튼튼한 신체를 위해 청소년수련관과 도서관 건립은 물론 각종 청소년 문화축제를 개최하는 등 각별한 관심과 지원을 아끼지 않고 있다.

의장직을 수행하면서 선진 의정, 열린 의정, 군민과 함께 하는 의정 구현을 위해 의장실을 항상 개방하고 있다. 그것은 선거 때는 유권자를 위하는 것 같으면서도 당선되고 나면 문턱이 높아지는 정치인이 아니라 항상 초심을 잃지 않는 정치인이 되

현장 점검은 여성 정치인의 섬세함을 필요로 한다.
태안군 특산물인 고품질 쌀 생산에도 여성의 힘이 주효했다.

기 위한 나의 노력이다. 지역 주민을 직접 찾아가 의견을 수렴하는 것도 잊지 않고 있다. 태안 군민의 삶의 질 향상에 적극 노력하고 있다.

여성의 사회 참여 및 정치 참여가 당연한 것으로 받아들여질 때까지 앞으로도 더 많은 지원과 활동을 전개하려고 마음먹고 있다. 스스로 본보기가 되도록 노력해나갈 것이다.

본질적인

해법을 찾아서

통계청 발표에 따르면 우리나라는 지난 2000년에 이미 65세 이상 인구 비율이 7.2%에 이르러 '고령화사회'에 진입했다. 2018년에는 14.3%로 '고령사회65세 이상 인구 비율 14~20%'에 진입할 전망이고 2026년에는 20.8%가 되어 '초고령사회65세 이상 인구 비율 20% 이상'에 도달할 것으로 전망된다.

태안군의 경우 노인 인구는 상상을 초월할 정도로 높은 비중을 차지하고 있어 특단의 대책이 필요한 상황이다. 태안군의 65세 이상 인구는 13,178명남 5,360명, 여 7,818명(2009. 9. 30 현재). 전체 인구 63,088명의 20.88%로 '초고령사회'에 진입하였다고 볼 수 있다.

노인 인구의 급증은 지역사회의 생산성을 저하시키는 것은 물론 부양비와 의료비 부담의 증가 등 적지 않은 문제를 포함하고 있어 본질적인 대책과 처방이 필요하지만 대안은 쉽게 찾을 수 없는 상황이다.

농촌 지역이라면 정도의 차이는 있겠으나 대부분 우리 태안군과 형편이 비슷할 것으로 판단하고 있다. 노인 문제의 해법을 찾는 것은 미래 사회를 대비하는 아주 중요한 과정이다. 내가 현장에서 생생한 주민 의견을 청취해 현실감 있는 정책을 집행부에 주문하는 이유이기도 하다.

내가 제안한 것 중의 하나가 '독거노인 U-케어 서비스'이다. 이 서비스는 최근 독거노인들이 빈방에서 쓸쓸하게 생을 마감해, 주위를 안타깝게 하는 사례를 왕왕 접하면서 생각해낸 것이다. 독거노인 고독사 방지 및 안전에 대한 대책으로 전화기 등을 이용한 활동량 감지센서를 부착해 노인의 활동량이 없거나 현저히 낮을 경우 응급구호와 연계되는 서비스이다. 이 제안은 집행부에 반영돼 2010년도 기초수급자 독거노인 500가구를 대상으로 실시할 예정이다.

다음은 노인 일자리 사업의 추진이다. 평균 수명의 증가는 부양비 및 의료비의 증가와 일맥상통한다. 삶의 질이 떨어지는 생명 연장을 반기는 사람은 없을 것이다. 윤택한 생활을 유지할 수 있고 최소한의 조건을 충족시킬 수 있는 기초노령연금 지급과 노인 일자리 사업에 박차를 가할 생각이다. 노인 일자리 사업은 65세 이상의 노인들 중 참여가 가능한 사람들을 대상으로 하고 있는데 그 사업 규모를 대폭 늘리도록 군 사회복지과에 강력하게 주문해오고 있다.

그외에도 노인복지회관 기능 강화와 최고 수준의 인력 확충, 맞춤형 복지시책의 실현 등을 위한 대대적인 노력을 견지하고 있다. 또한 노인들의 사랑방·경로당 활성화 사업에도 관심을 쏟고 있으며, 경로당 신축사업, 보수·리모델링 사업 등 시설과 환경의 현대화를 꾀하고 있다. 앞으로는 웃음치료, 노래교실 등 프로그램 웰빙화에도 정성을 쏟을 예정이다.

세상에서 제일 어려움을 겪고 있는 사람들이 장애인이 아닌가 생각한다. 특히 우리나라의 경우 차별로 소외받는 장애인들이 얼마나 많은가?

나는 장애인 자문위원을 28년 동안 하면서 장애인 예산 확보에 최선을 다하여 장애인들의 고용창출은 물론 사회 구성원으로서 자부심을 갖고 일할 수 있도록 온 힘을 쏟고 있다.

또, 절대로 소홀히 할 수 없는 문제가 있다. 바로 청소년 문제다. 청소년기에는 신체적 성장·변화가 급격하며 이에 따라 정서적으로도 상당히 불안정한 상태에 놓이게 된다. 또 핵가족화로 청소년들의 소속감이 예전보다 많이 엷어졌다. 저속한 대중문화가 여과 없이 대중매체를 타고 청소년들에게 전달되는 것도 문제다. 어른도 아니고 어린이도 아닌 주변적인 인간으로서의 청소년은 그들의 좌절, 반항심과 욕구불만을 사회규범으로부터의 일탈적인 행동으로 표현하고 있다.

나는 청소년과 성인 세대의 단절 및 대립, 사회적 연대감의 결여, 자아 정체감의 위기, 가치관의 부재 등 청소년 문제의 원인을 성인 세대와의 카운슬링을 통해 풀어가는 방법을 찾아보고자 한다. 청소년들이 자아 정체감을 찾고 성인 세대와의 세대적 갈등을 최소화할 수 있도록 돕고 싶다.

여성은 여성을 잘 키울 줄 아는 여성이 되어야 한다. 여성은 여성에게 인정받는 여성이 되어야 한다. 강력한 추진력, 다양하고 멋진 활동을 하기 위하여 많은 여성들이 활동할 수 있도록 최선을 다하고자 한다. 여성의 사회 진출을 도울 수 있는 다양한 시책을 구상해 군정에 접목하도록 하겠다. 우리 역사상 여성의 힘과 위치가 다소 왜곡된 부분도 많다. 그러나 그들의 활동과 노력은 오늘의 대한민국을 만든 터전이요, 원천의 힘이었다. 이렇듯 중요한 여성이 태안의 발전에 힘이 될 수 있도록 시스템을 도입하고 개발하고자 한다. 태안의 새로운 희망의 싹을 여성에서부터 찾을 것이다.

이용희

최초라는 타이틀을 많이 달고 있는 정치인입니다.
제4대 태안군의회의원에 당선, 충남 최초의 여성기초의원이 되었습니다.
제5대 의원에도 당선, 전반기 후반기 의장을 연임해 맡아
또 한 번 최초의 타이틀을 얻었습니다.
최초라는 수식어 때문에 부담도 있지만
이런 부담을 떨쳐버리고 여성의 특유한 섬세함과 꼼꼼함으로
고품격 의정 활동을 펼치고 있습니다.

공직과 정치,
여성이 2% 부족한 곳

황인자

**남편의 격려에
용기를 내다**

공직을 벗어나 모처럼 만에 생활의 여백과 자유를 만끽하기 시작하려고 할 즈음, 주변에서는 행정의 경험을 살려 정치에 나서라는 권유를 많이 했다. 사실 나처럼 중앙 여러 부처와 지방자치단체를 두루 거치면서 1급까지 오른 여성 공직자는 손에 꼽을 정도였기 때문에 더욱 그랬을 것이다.

대학원에서 박사과정 공부를 막 시작하고 여성단체 활동을 하는 나를 보고 주변에서는 왜 정치를 안 하느냐고 궁금해했다. 지금으로부터 3년 전인 2006년이었다.

23년간 공무원으로서 정치적 중립을 지키는 것에 항상 유의해왔던 나로서는 정치적 정향定向을 가진다는 것에 대해 상당한 부담이 있었던 데다 선뜻 용기가 나지 않았다. 그러고 보니 공직 선배 한 분의 말씀이 생각난다. 너무 무색무취한 게 공무원 황인자의 장점이자 약점이라고. 어떤 이는 내가 오히려 무색무취해서 승진할 수 있었다고 말하는가 하면 또 다른 이는 그렇게 무색무취한데도 승진할 수 있었다는 게 오히려 기적이라고 했다. 소위 말하는, 끈이 없었고 줄을 서지 않았던 것이다. 한눈팔지 않고 그저 일만 묵묵히 하는 일벌레라고 소문이 난 것도 그런 연유에서일 것이다.

막상 공직을 떠나고 나니 평소 아내의 직장생활에 거리를 두고 무관심한 것처럼 보이던 남편이 내 등을 떠다밀었다. 당신은 이제 내가 외조해줄 테니까 정치를 하라고. 대학 때 캠퍼스 커플로 만난 남편은 연애 시절 내가 서울대 대학원에서 정치학 석사과정을 마칠 수 있도록 도와주었다. '아, 그랬었지. 내가 정치학을 공부했구나.' 당시만 해도 나는 정치에 뜻을 두고 있었다. 정치학자나 국회의원이 되고픈 꿈이 있었다. 그 꿈을 공무원 생활을 하면서 고이 접어두고 있었던 것이다. 남편의 권

필자가 유치한 2004 서울 세계여성지도자회의 석상에서 국내외 여성 지도자들과 함께. (왼쪽에서 두 번째가 필자)

유에 힘입어 접어두었던 꿈을 펼쳐보자고 용기를 냈다. 여고 시절 특별활동으로 웅변을 해서 전국웅변대회에서 대통령상을 탔던 기세도 되살려보기로 했다.

망설이다가 2007년 말 대통령 선거에서 무소속 이회창 후보 캠프에 자원했고 그 뒤 이회창 총재가 이끄는 자유선진당 창당에도 참여하게 되었다. 2008년 4월 제18대 총선에서 비례대표 국회의원 후보 공천을 받고 출마했지만 아쉽게도 국회 진출은 하지 못했다. 지금은 원외에 있지만 중앙당에서 여성위원장이라는 주요 당직을 맡아 수행하고 있다.

연꽃처럼 아름답게 정치하고 싶다

물론 나를 아끼는 사람들 중에는 "까마귀 우는 골에 백로야 가지 마라."고 하면서 이전투구 하는 정치의 세계에 들어서는 것을 만류하는 사람들도 있었다. 그러나 나는 정치도 연꽃처럼 아름답게 할 수 있다고 생각한다. 연꽃은 진흙탕에서 자라지만 진흙에 물들지 않는다. 연꽃잎 위에는 한 방울의 오물도 머무르지 않는다. 물이 연잎에 닿으면 그대로 굴러 떨어질 뿐이다. 물방울이 지나간 자리에는 그 어떤 흔적도 남지 않는다. 연꽃이 피면 물속의 시궁창 냄새는 사라지고 향기가 연못에 가득하다. 한 자락 촛불이 밤의 어둠을 가시게 하듯 한 송이 연꽃은 진흙탕의 연못을 향기로 채운다. 나는 연꽃처럼 정치를 할 것이다.

정치의 중심은 의회이고 의회는 입법기관이다. 한국 사회가 선진국으로 들어설수록 정치政治는 법치法治를 바로 세워야 할 것이다. 한국 사회에서 가장 신뢰할 수 없는 분야, 변화에 가장 느긋한 조직, 오히려 법을 무시하는 조직이 의회라는 역설과 모순을 극복해야 할 것이다. 사람에게 인격이 있듯이 정치도 품격을 갖추어야 할 것이다. 정치의 품격을 갖추는 데 깨끗한 이미지를 지닌 여성의 참여와 기여는 바람직하고 불가피하다.

여성의 정치적 대표성 확립은
민주주의의 조건

지구상 거의 어느 나라에서나 인구의 절반을 차지하면서도 공적·정치적으로 무력하고 영향력이 없는 사회적 약자 그룹이 바로 여성이다. 그러므로 여성의 대표성 확보는 현대 민주주의가 극복해야 할 과제라고 볼 수 있다. 민주주의는 여성의 대표성 없이는 이루어질 수 없기 때문이다.

여성과 정당과 유권자는 정치적 대표성을 확보하는 삼각 요소이다. 여성이 정치에 진출하기 위해서는 먼저 선출직 공직에 입후보할 의지가 있어야 하고, 다음에 정당으로부터 후보로서 적격 여부를 평가받아야 하며, 마지막으로 유권자로부터 지지를 획득해야 한다.

여기에서 정당은 정치 지망자 중에서 후보자를 골라 추천공천하고 선거에서 유권자의 지지를 이끌어 당선시키는 데 실질적 역할을 한다. 지망자가 후보자로, 후보자가 당선자로 전환되면 비로소 한 명의 정치인이 탄생하는 것이다. 이 과정에서 정당은 문지기 역할을 하는 셈이다. 그래서 정당은 민주주의의 파수꾼이라고도 불린다.

현대의 정치는 의회정치 이전에 정당정치가 그 기반을 이룬다. 내가 비록 소수 야당이지만 정당에 참여하는 것도 바로 이런 정도正道의 정치를 하고 싶어서이다. 소수 정당의 존재는 다수결원칙과 함께 소수의 의견을 존중하는 민주주의의 원칙과도 통한다. 정당은 여전히 정치의 생명선이다.

정부에 있을 때 나는 대통령이나 서울시장의 임명을 받은 임명직 공직자였다. 지금은 선출직 공직을 향해 정당에 참여하고 있는 것이다. 정부에 있을 때 내가 주로 하던 일은 정치, 경제, 사회, 문화, 교육 등 국민 생활의 모든 영역에 있어서 여성의 지위 향상을 도모하는 것이었다. 여성의 지위는 국가경쟁력, 국제경쟁력의 주요한 척도가 된다. 그중에서도 공직과 정치 분야는 여성의 대표성 확보의 교두보가 된다. 노르웨이, 스웨덴, 핀란드 등 여성 지위 선진국인 북유럽 스칸디나비아 국가들은 예외 없이 공직과 정치 등 공공부문이 그 나라의 여성 지위를 선도해나가고 있다.

**한국의 공직과 정치,
여성이 2% 부족한 곳**

그러나 이들 분야에 있어서 한국의 현실은 그리 밝지만은 않다. 세계경제포럼이 발표한 2008년 세계성격차보고서에 따르면 한국은 경제 참여와 기회, 교육적 성취, 건강과 생존, 정치적 권한 등을 기준으로 할 때 130개국 중 108위로 남녀간 성 격차가 심한 나라로 분류된다. 특히 여성의 정치적 권한은 1점 만점에 0.007점으로 거의 바닥권이다. 한국 여성은 이상한 나라의 앨리스인 것일까. 한국은 세계 10위권의 경제대국이며 정치적으로 민주주의가 발전하고 여성의 교육수준이 상당히 높은데도 불구하고 여성의 정치적 영향력은 형편없이 미약하다는 것이다.

이러한 사실은 유엔개발계획UNDP이 매년 발표하고 있는 인간개발보고서에서도 드러난다. 2008년도 발표에서 한국은 여전히 여성권한척도가 108개국 중 68위로 하위권 수준이다. 여성 국회의원 13.7%, 행정관리직 여성 8.0%, 장관급 여성 5.6%의 현실이 이를 말해준다. 국회에 진출한 여성 비율은 그나마 비례대표 공천할당제에 힘입어 힘겹게 이룩한 진전임에도 아시아 평균은 물론 세계 평균 18.5%에도 미치지 못한다. 행정관리직에 여성 진출은 국회 진출보다 그 수준이 더 열악하다. OECD 국가 중에서 거의 꼴찌이고 전 세계 평균 28.8% 수준에도 훨씬 미치지 못한다. 관리직 여성 공무원을 적극적으로 육성하는 정책이 요청된다.

행정안전부에서 발표한 통계에 의하면 2008년 말 여성 공무

공무원들이 체감하는 성 차별 문제를 해결하기 위해 문을 연 여성 공무원 평등 사랑방.
(오른쪽에서 두 번째가 필자)

원의 비율은 40.8%로 전 직종에 걸쳐 여성 공무원의 수가 매년 지속적으로 증가하고 있어 공직에서 여성과 남성의 성비 불균형 현상이 상당히 완화된 것처럼 보이지만 관리직 여성 공무원 비율은 여전히 한 자리 수를 맴돌고 있다. 3급 이상 고위 공무원은 여성이 1.4%에 불과하다. 일반직의 경우, 여성 공무원의 92.5%가 6급 이하 하위직에 머물러 있고 5급 이상 관리직 여성 공무원 비율은 7.5%에 불과하다. 공직에 여성채용목표제가 1996년에 도입되고 그것이 시한을 연장하여 양성평등채용목표제로 전환되어 오늘에 이르고 있는 것은 여성의 공직 참여 확대를 위한 잠정적·적극적 조치의 일환인 것이다. 양성평등 채용목표 비율은 2012년까지 30%로 정하고 있는데 여기서 30% 는 남녀 공히 최소한의 참여를 보장하는 임계질량Critical Mass 이다. 관리직 여성 공무원 비율도 이 30% 임계질량을 목표로 설정할 필요가 있다.

지방 자치행정에 있어서 여성의 진출은 중앙보다 뒤져 있다. 특히 유권자가 선출하는 광역이나 기초의 지방자치단체장 중에서 여성은 눈을 씻고 찾아봐도 찾기 어려울 정도로 극소수이다. 지난 2006년 지방선거 결과 16명의 광역 시장·도지사 중 여성이 전무하고 230명의 기초 시장·군수·구청장 중에서 여성은 단 세 명에 그쳤다. 인구의 절반, 유권자의 절반이 여성인데 자치단체장으로 진출한 여성은 1%에 그친 것이다. 지방자치의 큰 살림인 광역 시·도의 경우 선출직 자치단체장도 여성이 한 명도 없지만 임명직 부단체장 또한 여성이 한 명도 없다. 요컨대 시·도의 고위 의사결정직은 대한민국 건국 이래 61년 동안 여성 제로지대로 방치되어온 것이다.

한국 정치에 있어서 여성의 대표성이 가장 취약한 부분이 바로 이곳이다. 지방에서 특히 기초 단위 지방 정치는 생활 정치라서 돌봄과 살림의 달인인 여성들이 맡기에 적합한 분야이다. 여성들의 도전이 가장 절실하게, 많이 요구된다 하겠다. 이와 함께 지방자치단체장 선거나 부단체장 임명에 있어서도 여성 할당제 등 적극적 조치를 도입하는 방안을 신중히 검토할 필요가 있다.

그나마 지방의회를 보면 여성의 진출이 자치단체장에 비해 약간 높다. 시·도 광역의회 및 시·군·구 기초의회에 여성이 진출한 비율은 13.7% 수준이다. 이는 공직선거법에서 규정하고 있는 지역구 및 비례대표 지방의회 의원 후보자의 30%~50%를 여성으로 공천하는 여성공천할당제에 힘입은 바 크다.

2% 갈증을 채우기 위해

사람은 체내에 물이 2% 부족하면 갈증을 느끼게 된다. 공직과 정치에 여성의 진출 현황은 2% 부족에서 오는 갈증 상황이다. 그동안 정부에서 일하면서 얼마나 타는 목마름으로 여성 정책을 수립하고 집행했던가? 경찰대학과 육사·해사·공사 등 여성의 진입이 금지됐던 곳에 여성 10% 입학 허용, 공무원 시험에서 여성 30% 채용목표제 도입, 중앙 부처 및 지방 각 시·도의 관리직 여성 공무원 실태 조사, 정부 부처마다 최소 1인의 여성 국·과장 임용 장려, 지방자치단체에 여성 부단체장 기용 권고, 여성

읍·면·동장 진출 확대, 전문 여성 인력풀 발굴, 국제 공무원 여성 진출 촉진, 공직선거에서 여성공천할당제 도입 등등. 국가 및 지방의 관리직 여성 공무원 네트워크를 만들고 서울시의회의 전·현직 여성의원 네트워크 창설을 주도하기도 했다.

처음에는 말도 안 되는 소리를 한다고 수모도 겪었다. 공무원으로서 자존심은 또 얼마나 구겨졌는지 모른다. 이중에서 여성공천할당제 도입 문제는 국회에서 정치 개혁 차원에서 특별히 다루어졌다. 정부의 정책은 주요한 정책일수록 국회의 입법으로 뒷받침되어야 비로소 힘을 얻는다. 이 모두가 여성의 공공부문 참여 확대를 위한 것이다. 여성의 공공부문 참여 확대는 대표성의 문제이고 수의 문제로 귀결된다. 여성 몇 명이 공직에 진출해 있고 여성의 정치 진출 비율은 몇 %가 되는지, 지속적으로 모니터하고 촉구하고 때로는 적극적 조치를 강구할 필요가 있는 것이다. 한국 사회에서 여성의 정치적 권한은 바닥인데도 너무도 느리게 진전되고 있기 때문이다. '남성팀 여성팀, 몇 대 몇?' 비단 어느 TV 방송 프로그램의 구호만은 아닐 것이다.

부족한 2%를 채우기 위해 20여 년 전부터 정부 차원에서 각

1994년 자카르타에서 열린 UN 아태지역 고위급여성회의에 참석한 한국 정부 대표단이 대책을 숙의하고 있다. (앞줄 왼쪽에서 두 번째가 필자)

계각층의 전문 여성 인력을 발굴하는 작업이 시도되었다. 정무장관(제2)실에 근무하던 나도 이 작업에 주도적으로 참여하였는데, 국내 처음으로 발간한 『여성인명록』에 한국의 전문직 여성 인사 1,500명을 수록하였다. 그로부터 5년 후에는 수록 인원이 5,000명으로 늘어나고, 이후 각 분야별, 각 기관별 여성인명록 발간 붐이 일어났다. 『국제전문여성인명록』, 『세계한민족여성인명록』이 나오는가 하면 행정자치부는 『간부여성공무원명단』을, 법무부는 『한국여성법률가명부』를 발간하였다. 경기도 등 지방자치단체에서도 지역의 『전문여성인명록』을 앞을 다투어 발간하였다.

지금은 수만 명에 달하는 여성 인력풀이 국가인재데이터베이스로 관리되고 있다. 한편, 총선이나 지방선거를 앞두고는 민간 차원에서 '1만 명 여성 리더 찾기'와 같은 캠페인으로 발전되고 있다. 정당에 와서도 나는 여전히 여성 인재를 발굴하는 노력을 게을리 하지 않는다.

지금 여기 내가 있는 이유

지난 날 전문 직업 관료로서 정부에서 타는 목마름으로 여성 정책을 수행했지만 근본적인 갈증은 해소되지 않았다. 지금은 당료로서 또 다른 목마름으로 정당 활동을 수행하면서 장차 정당의 공천을 받고 유권자의 선택을 받아 의회에 진출하려는 것이다. 지금 여기에 내가 존재하는 이유이다.

정부에서 일할 때에는 이상한 여성 정책을 한다고 관계 부처로부터 문전 박대 당하고 여론의 질타를 받기가 일쑤였는데 이제는 소수 야당이라서 그런지, 일선 현장에서 겪는 핍박과 서러움 또한 이만저만이 아니다. 여성이 2% 부족한 곳, 공직과 정치의 장에서는 진정 여성의 지위 향상을 위해, 양성 평등을 확산하기 위해 일할 여성 정치인이 더 많이 필요하다. 그렇게 타

는 목마름이 있기에 나라와 지역의 살림에 여성의 도전을 북돋
우고 여성의 정치적 대표성을 높이기 위해 오늘도 꿋꿋이 이겨
낸다.

황인자

5급 행정사무관에서 시작해 1급 고위관리직에 오르기까지
체신부, 행정자치부, 여성부, 서울시 등 중앙 부처와 지방자치단체를
두루 거치며 23년 동안 공직 생활을 했습니다.
행정 경험을 살려 정치에 입문, 현재 자유선진당 중앙여성위원장을
맡고 있습니다. BPW 세계연맹의 UN위원으로
글로벌 NGO 네트워크에 참여하면서, 대학에서 행정학을
강의하고 있습니다. 우리나라는 법과 제도는 앞서 있지만
관습이나 사회적 분위기가 이를 따라가지 못해 여성의 지위가 낮다고
분석하고 사회 분위기를 바꾸는 일에 주력하고 있습니다.

당당하게 군민 편에 서다

이옥희

실력으로 승부를 걸다

'그래, 기다려라. 실력으로 당신들에게 나의 진면목을 보여줄 테니까.'

기초의회 사상 처음으로 도입된 비례대표제를 통해 부여군 최초의 여성 군의원으로 당선된 후 나는 각오부터 새롭게 다져야 했다.

부여 최초의 여성의원이라는 의미 있는 타이틀에 걸맞은 자부심으로 후배 여성들이 보다 원활하게 의회에 진출할 수 있도록 발판을 마련하겠다는 결심은 동료 남성의원들의 남성 중심적인 태도에 부딪치면서 출발부터 생각을 바꾸어야만 했다.

동료 남성의원 대부분은 남성들의 전유물로 여겨왔던 의원 자리에 비례대표로 진출한 여성의원을 인정하기가 쉽지 않은 모양이었다. 처음부터 적당히 대하면서 넘어가려는 의도가 읽혔다. 동등한 의원으로 인정해주려는 분위기는 기대하기 힘들었다.

어느 조직이나 소수 집단은 약자이기 마련이다. 게다가 소수를 배려하지 않고 다수가 자신의 이익만을 계속해서 누리려 하는 곳에서 소수는 존재감마저 흔들리는 위기의식을 느끼게 된다.

동료 의원들의 이런 차별적인 태도를 보면서 '실력으로 당당히 남성의원들에게 본때를 보여주리라.' 마음속으로 다짐을 했다. 여성의원을 인정하지 않는 그들의 생각을 바꾸려면 더 열심히 지역과 의정에 대해 공부하고 연구하여 실력으로 인정받는 의원이 되어야 했다.

나는 이로 인해 생긴 자극을 군의원으로서 더욱 더 꾸준히 노력하는 계기로 삼았다. 최선을 다해 우리 부여 군민의 뜻을 헤아리고, 지역 발전을 연구하고 배워 부여 군정에 조그마한 힘이나마 보탤 수 있도록 밤낮없이 공부하는 데 모든 역량을 쏟았다.

회장의 리더십에 따라 작은 모임이 활성화되기도 하고, 반대
로 큰 모임이 퇴보하기도 한다. 지도자의 자질이 모임의 성패
를 결정짓는 것이다. 군정이라는 큰살림은 더더욱 그렇다. 지
역의 리더라고 자부한다면 견문을 넓히는 것은 필수이다. 이는
우리 의원들도 마찬가지라 생각한다.

그렇기에 항상 부족함을 느낀 나는 늦깎이 공부를 다시 시작
했다. 지금은 공주대 경영행정대학원 경영학 석사과정 4학기
에 재학 중이다. 우리 지역의 삶의 질 향상을 위한 모든 것들이
경영에서 시작된다고 믿기에 이와 관련된 전문 분야의 학문에
전념하고 있다.

스스로 노력하여 찾은 성과와 보람

지방의원은 보좌해주는 사람 없이 혼자서 모든 일을 해야 한다. 이런 현
실에서 어떤 방법으로 부여의 그 넓은 현장을 다 조사하고, 정
책 대안을 찾아낼 수 있을까 막막했다. 이러한 어려움은 개인
적으로 아르바이트생을 고용하여 해결해나갔다. 내가 알아야
될 곳의 장점과 단점, 필요한 점과 개선점 등을 하나하나씩 파
악해나가기 시작했다. 그런 노력의 결과, "아는 것이 힘"이란

말이 있듯이 얼마가 지나자 군정이 전반적으로 내 눈 안에 들어오기 시작했다.

의정 활동 시작부터 우리 집 안은 온통 자료들로 가득 차게 되었다. 어떤 사람은 "고시 공부를 하고 있느냐?"고 묻기도 했다. 같이 사는 남편조차도 "기초의원이 이렇게 공부를 많이 해야 하는 것이냐?"고 놀랄 정도였다.

지인들은 "정치하는 사람은 술 마시면서 인간관계를 넓혀서 사람 좋다는 소리만 들으면 되는 줄 알았는데, 이렇게 많은 노력이 필요하다면 제대로 소화하지 못할 의원도 많겠다."라고 말하기도 했다.

전국에는 많은 의원들이 있기 때문에 지역에 대한 공부를 충분히 하지 못하고 의정 활동을 하는 의원들도 있다. 하지만 군정 전반을 파악하고 군민을 위한 예산 집행의 잘잘못을 바로잡으려면 남들보다 더 열심히 공부를 해야 한다.

이러한 노력의 결과는 바로 기대 이상으로 나타났다. 군의회 행정사무 감사장에서 군의 한 과장으로부터 "우체국장 출신이라 행정이나 숫자에는 능통하지만 농사는 짓지 않으니 농업 계통은 전혀 모를 거라고 생각했는데 농업에 관하여도 농민들이나 전문가 수준으로, 우리들보다 훨씬 많이 알고 있어 놀랐다."는 고백을 들은 적이 있었다. 그는 "당시에 예리한 질의에 많이 힘들었다. 어떻게 하면 전문 분야까지 잘 알 수 있냐.”며 비결을 알려달라고까지 말했다. 이러한 비결은 단 한 가지, 남들보다 조금 더 노력하는 것이라고 일러주며 웃어넘긴 기억이 난다. 최선을 다해 노력한 결과, 이처럼 실력으로 진가를 보여 인정을 받게 되었다고 자부한다.

의원이 된 후 처음 1년은 알아도 모르는 체하며 내실을 다졌다. 1년이 지난 후부터는 정확한 내 목소리를 내면서 그동안 수렴한 주민들의 의견을 하나씩 군정에 접목시켜나갔다.

주민들에게 도움이 되는 일이고 부여군에 필요한 일이라면 몇 번이고 요구하여 끝까지 성과물을 만들어내려고 노력했다. 나의 끊임없는 노력으로 고쳐진 사례도 여러 건이다.

부여군의 많은 주민들과 공무원들로부터 “이옥희 의원, 의정 활동 참 잘한다.”고 평가하는 소리를 종종 듣는다. 지역을 위해 일을 열심히 잘한다는 평가가 나오면서부터 비례대표 여성의원이라는 인식은 이제 찾아볼 수 없는 것 같아 보람을 느낀다.

지역 주민을 섬기는 의정 활동과 노력

의원이 되기 전에는 “의원들이 하는 역할과 기능이 무엇이고, 하는 일이 얼마나 될

까?” 하는 궁금증을 가지고 있었는데 실제 의정 활동을 하다보니 이 자리가 얼마나 중요한 자리인가를 알게 되었다.

희망이 넘치고 잘사는 부여군을 만들려면 건전하고 올바른 사고를 가진 소신 있는 의원들이 의회로 많이 진출해야 한다. 지리적인 여건과 환경이 다른 곳에 비해 좋지 않더라도 앞서가는 생각이 있으면 지역은 발전하게 돼 있다. 그러나 현실은 늘 냉정했다. 소신 있는 소수의 옳은 의견들이 다수의 숫자에 밀려 정책을 펼치지 못할 때가 많았는데, 그때가 가장 안타까웠다.

조금만 신경 쓰면 군민들에게 큰 이익을 줄 수 있는 일들이 많다. 그런데도 꼭 필요한 일들이 뒤로 미뤄지거나 엉뚱한 방향으로 추진되는 것을 보며 안타까운 마음에 날밤을 새운 일도 여러 번 있었다.

지방자치가 시행되고 나 자신도 의원을 하고 있지만 이대로라면 지방자치가 오히려 부여군 발전에 걸림돌이 된다고 생각한 적도 많았다. 이런 문제는 비단 부여군에만 국한된 일이 아니라 전국적인 현상일 것이라 생각된다.

처음 의원이 된 후 부여 군정을 공부해나가면서 부여군 행정의 가장 큰 문제점이 무엇인가를 파악하였다. 그때 인사에 불만을 품은 공무원들이 사기가 떨어져 근무에 부정적인 영향을

잘사는 부여를 만드는 일은 모든 군민의 바람일 터. 영농조합에서 그 바람을 확인하고 있는 필자.

주고 있는 것이 눈에 들어왔다. 그리하여 행정사무 감사 때부터 공정한 인사를 부르짖었다.

하지만 힘이 없는 내 소신은 메아리에 그쳤고, 원칙 없는 인사 단행이라고 공무원 노조에서도 문제를 제기하는 등 불신의 골이 깊어갔다. 현실의 벽을 넘기가 쉽지 않았다.

이때 인사 문제에 대한 중요성을 새롭게 인식하여 나는 석사 논문의 제목을 바꾸어 다시 쓰는 중이다. 내가 쓰려는 논문은 「한국지방자치단체공무원의 생산적 인적자원 관리에 관한 연구(부여군을 중심으로)」이다. 이 연구가 군의 인사 행정에 도움이 되길 희망하며, 공무원들이 신바람 나게 일할 수 있는 인

사제도의 도입을 위해 의미 있는 제안이 되었으면 한다. 공무
원들이 신바람 나서 자기가 가진 역량을 모두 다 발휘한다면 부
여는 활기차고 희망이 넘치는 군으로 빠르게 변화할 수 있으리
라 확신한다.

대의명분과 정도正導로
최선을 다해 이룬 꿈

군의원이 되고 다시 생각해도 참 잘했구나 싶은 일도 있다. 부여군의회는 열한 명의 의원으로 구성되어 있는데, 그중 한나라당 의원이 여섯 명, 자유선진당이 네 명, 무소속이 한 명이다. 의장단을 구성할 때는 특별한 원칙이 없으면 다수의 숫자가 모든 권한을 가지게 된다. 이런 현실의 벽을 넘기 위해 이러저러한 안을 제시했으나 받아들여지지 않았다.

"선진당 의원들만 뜻을 모아주면 의장과 상임위원장 등이 선진당에 유리하도록 작업을 해놓았다."는 다른 의원의 말을 믿고 그대로 따랐다가 전반기에 우리 선진당 의원 네 명은 단 한석의 상임위원장 자리도 차지하지 못하는 기막힌 일이 있었다.

이런 과정을 지켜보며 뒤늦게 후회하는 것은 소용 없음을 깨달았다. 이미 놓친 자리를 되찾을 수도 없었다. 절치부심하며 2

년 후를 준비해야 했다. 2년이란 한정된 시간은 쏜살같이 흘러갈 것이고 후반기 의장단 구성을 사전에 준비하지 않으면 지금 같은 현상이 그대로 재현될 것은 불 보듯 뻔했다.

정당별로 나누어져 있는데다 개인의 이해도 걸려 있어 상대방을 배려하는 모습은 볼 수 없었기 때문에 차근차근 준비하지 않으면 나중에 깊이 후회할 것이라 예상했다. 다른 의원들에게 기대는 대신 나 혼자라도 노력해 선진당 의원들이 체면을 유지할 수 있도록 해야 할 것 같아 바로 준비 작업에 들어갔다.

2년의 시간은 빠르게 지나갔다. 후반기 의장단 구성은 민감한 사안이었다. 부여 군민들에게 추태를 보이지 않고 잘 타협하기 위해 2박 3일간 부산으로 자리를 옮기기까지 할 정도였다. 하지만 적절한 타협안은 나오지 않았다.

다시 부여로 돌아와서 조용한 식당에 모여 돌아가며 각자의 의견을 얘기하는 시간을 마련했다. 그 자리에서 한나라당 의원들 중 일부는 노골적으로 후반기에도 투표를 통해 의장단을 구성해야 한다는 안을 내놓았다.

나는 이런 일이 일어날 것을 미리 예측하고 있었다. 그랬기에 지난 2년 동안 여성다운 섬세함으로 치밀하게 준비하여 협상에서 우월한 위치를 선점할 수 있었다.

한나라당 의원은 물론 선진당 의원까지도 멍하니 따라올 수밖에 없는 협상력을 발휘하기 시작했다.

부의장 한 석과 상임위원장 자리 둘을 놓고 한동안 줄다리기를 계속한 끝에 우리 선진당은 부의장과 상임위원장을 각각 한 석씩 갖게 됐다. 정확한 예측과 철저한 준비를 통해 나 자신이 만들어낸 성과라 할 수 있다.

어떤 분야에 관심과 비전을 갖고 최선의 노력을 다한다면 꿈은 반드시 이루어진다고 생각한다. 많은 사람들이 "최선을 다했는데도 이루어지지 않더라."는 말들을 하는데 나는 달리 생각한다. 최선을 다했다고 생각은 하지만 어느 한쪽에 소홀한 부분이 있었기에 이루어지지 않은 것이라고. 최선의 노력을 기울이고 차근차근 준비한다면 반드시 꿈은 이루어지게 되어 있다. 물론 하늘의 뜻에 따라 안 되는 경우도 있긴 하지만 대부분은 이루어지는 것이 진리라고 생각한다.

소신 있는 의정 활동으로 예산 절감 이뤄

각 지자체마다 선심성 축제 같은 행사가 많다. 하지만 이런 축제 대부분이 흥청망청 먹고 노는 일로만 채워져 예산을 낭비하는 행사로 전락하는 것은 문제가 있다. 이런 문제를 포함해 다양한 현

군정 질의는 형식에 그쳐서는 안 된다. 필자는 만족스런 답변을 얻어낼 때까지 보충 질문을 마다하지 않는다.

안들을 놓고 집행부를 상대로 군정 질문을 하면 포괄적으로 두루뭉술 넘어가는 답변이 많다. 이럴 때는 만족스런 답변을 얻어낼 때까지 즉석에서 보충 질문을 하기도 했다. 이런 나를 본 지역의 신문 기자들은 제대로 된 질문을 한다는 칭찬의 기사를 아끼지 않았다.

나를 지켜본 주위 사람들도 군정 질문에서 제출된 자료만 가지고 즉석에서 잘못된 내용들을 지적하고 정확한 숫자까지 알고 있는 것에 신기해하며 다양한 분야를 섭렵하고 있는 것을 부러워한다.

충화면 가화리에 있는 서동요 세트장 문제는 내가 소신을 다해 처리한 일이다. 수십억 원을 들여 건립한 세트장이 애물단지로 전락했고, 부여 군민 대다수가 실패의 산물이라 여기고 있는데도 군 집행부에서는 이곳에 계백장군 무예촌을 건립해 관광 명소로 발전시켜나가겠다고 고집했다.

처음에는 동료 의원들도 충화 면민에게 큰 도움이 되지 않고 막대한 예산만 낭비한다고 반대 입장을 폈다. 그러나 군에서 끝까지 추진하겠다고 의원들을 설득하고 나서자 의원들은 안 된다고 생각하면서도 계속 예산을 통과시키는 해프닝이 벌어졌다. 그래도 나는 행정사무감사 때 제대로 된 계획을 다시 세워 추진하라고 분명하게 말했다.

그후 5대 의회 후반기에 산업건설위원회로 소관 상임위를 바꾼 나는 문화관광과 예산 심의 중 계백장군 무예촌 건립에 관한 예산 10억 원을 전액 삭감했다. 난감해진 군에서는 한나라당 의원들을 설득, 의장을 포함한 한나라당 의원 여섯 명 전원이 발의하여 2009년 일반회계 예산 세출안 수정안을 본회의장에 상정했다. 1~5대 의회 중 소속 상임위원회에서 통과시킨 예산을 본회의장에서 다시 번복한 예는 단 한 건도 없었다. 이 예산 삭감은 그만큼 파격적이었던 셈이다.

이 과정에서 윗사람 눈치를 볼 수밖에 없는 집행부 공무원들은 온갖 감언이설로 의원들을 구슬렸다. 심지어는 "다른 의원들이 승낙해준 사업비를 삭감하면 후에 구상권 청구가 들어오고 무식한 의원이라는 소리를 들을 수 있다.”고 했다. 선진당 의원들까지도 찬성 입장이었다.

공무원들의 말이 맞는지 확인하기 위해 밤새도록 인터넷을 뒤져 지방자치법과 유사 사례까지 다 읽어봤지만 어디에도 그런 사례는 없었다.

하지만 내 의사와는 무관하게 숫자놀음으로 일은 착착 진행되고 있었다. 아무리 궁리를 해도 내가 하는 일은 분명히 옳은 일인데 편을 들어주는 사람은 무소속 의원 한 사람밖에 없었다.

혼자 힘으로 이 일을 해내려면 군민들에게 지금 의회에서 벌어지고 있는 사태를 알려야 한다고 생각하고 본회의장에서 일단 수정안에 대한 이의를 제기하기로 했다.

이의 제기를 통해 계백장군 무예촌 이전에 건립되었던 서동요 세트장은 최고 1,232억 원의 지역 경제 효과를 볼 것이라는 청사진을 내세워 추진했지만 100억 원에 가까운 사업비만 낭비했음을 지적했다. 그리고 많은 사업비를 투자했지만 행정 당국은 예산 집행 후 평가조차도 하지 않았다는 사실 역시 짚어냈다.

여기에 무예촌을 추진하려면 이와 관련해 예상되는 문제점과 그 대책을 수립하고 부여 군민의 공모를 받아 제대로 된 활성화 방안을 마련하는 등 충분한 검토 후에 운영 계획과 방침을 제시해달라고 주문했다. 군민의 피 같은 예산 낭비를 최소화시키고 최소의 예산으로 최대의 효과를 낼 수 있도록 하기 위한 일임도 거듭 강조했다.

갑자기 전혀 예측 못한 질문에 군의장과 담당 과장 및 계장은 서로 상의한 후 "이옥희 의원이 제시한 안대로 다 들어주겠다."고 답변을 한 후 그날 본회의는 폐회됐다. 이후에도 잘못한 일이라고 수차례 사과를 하기에 그 문제를 더 이상 확대시키지 않기로 했다.

한나라당 의원들은 물론 같은 선진당 의원들까지도 눈치 보며, 집행부 계획에 동조한 일을 혼자 힘으로 관철시키기 위해서는 이런 방법밖에는 없었다. 그런데 부여군을 떠들썩하게 하며 통과시킨 10억 원의 그 예산안이 불과 서너 달 뒤인 1회 추경에 삭감시켜달라고 다시 올라왔다.

이유인즉, 중앙실사단이 그 자리는 부적당하다는 판단을 내려 국비가 삭감되었다는 것이다. 한치 앞도 내다보지 못하는 졸속 행정에 분통이 터졌지만 거금 10억 원이 사장되면 그 피해는 부여 군민에게 고스란히 돌아올 것이기 때문에 예산을 삭감시켜줬다.

군민의 편에 서서 최선을 다했더니 '똑똑하고 추진력이 대단한 의원' 또는 '매섭지만 공무원들을 안 다치게 좋은 방향으로 이끌어주는 훌륭한 의원'이라는 기분 좋은 별명들이 따라붙었다.

부여 발전을 위한 나의 소망

정당공천제도가 있어 의원들이 각 정당으로 갈려서 잘된 일도 반대하고 잘못된 일이라는 것을 알면서도 무조건 찬성하는 경우가 종종 있다. 옳은 일을 끝까지 관철시킨다는 것은 결코 쉬운 일이 아니다. 그래도 나를 추천해주신 분을 생각하며 혼자라도 뜻을 굽히지 않고 일을 해야 했다.

내가 의원이 되도록 공천했던 이진삼 국회의원은 이렇게 주문했다. "이진삼이 추천한 사람은 똑 소리 나게 일 잘하더라는 소리를 들어야 하는데, 아무나 추천할 수 있겠습니까? 공천 달라는 사람은 수도 없이 많지만 이옥희라면 일을 잘하리라 확신하기에 추천하니 의회로 들어가면 낙후된 부여군의 발전을 위해 최선을 다해주고, 앞으로 더 큰일도 부여군 발전을 위해 서슴지 말고 나서주기 바라오."

갈수록 지방 경제를 악화시키는 수도권 규제 완화는 막아야 한다. 동료 의원들과 수도권 규제 완화 철회를 외치고 있다. (오른쪽에서 다섯 번째가 필자)

일종의 당부였다. 그 말을 거울삼아 부여 군민에게 이익이 될 수 있는 일은 정당을 초월하여 협조하고, 아니다 싶은 일은 분명하게 반대 의사를 표명하며 일 잘하는 의원이 되기 위해 노력했다.

그것이 나를 믿고 추천해준 분의 간절한 소망이므로 첫째도 둘째도 셋째도 나에게는 부여군 발전이 먼저여야 했다. 어떠한 희생을 치르더라도 낙후된 부여군, 희망이 없는 부여군에 보탬이 될 수만 있다면 무슨 일이라도 해야 한다는 이진삼 의원의 뜻을 알기에 그 뜻을 따라 소신껏 일을 해왔다.

머지않아 4대 강 살리기 사업이 시작되면 500만 평의 하천

부지가 한꺼번에 없어지게 되어 수많은 농민들이 일자리를 잃게 된다. 이는 비단 농민들뿐 아니라 부여 군민 모두에게 큰 타격을 입힐 수 있다. 이런 위기에 처해 있는 부여 군민 걱정에 나는 잠을 이루지 못하는데 걱정은커녕 오히려 박수를 치며 환영하는 지도자들에게 부여군을 맡기고 있으니 안타까울 따름이다.

이제부터 부여 군민의 이익을 위해서라면 어떠한 희생도 감수하겠다는 각오로 개인의 이익 앞에 흔들리지 않으며 허세가 아닌 내실로, 진정 헌신하는 자세로 살 것을 다짐해본다.

이옥희

김천에서 양반의 고장 충청도 부여 남편을 만나 본적을 옮겨온 후
충청인의 정신으로 내 고장 발전을 위해 열심히 뛰고 있습니다.
부여군 내산우체국장과 고란로타리클럽회장으로 활동했고
제5대 부여군의원으로 당선, 부여군의회 최초의 여성의원이 되었습니다.
현재 부여군의회 후반기 운영위원장으로 의정 활동을 하고 있으며
희망이 넘치는 부여군을 만들어가기 위한 많은 계획과 꿈을
맘껏 펼칠 날을 기다리는 멋지고 참신한 여성 리더입니다.

세상이 널 볼 수 있게
날아~ 저 멀리

김영민

성장통 하나,
아나운서를 꿈꾸다

아나운서의 꿈을 가지고 도전하던 2008년, 내 나이는 스물여덟이었다. 이미 은행원이라는 직업이 있었지만, 그 직업을 가지기 전부터 '아나운서'라는 꿈은 오래된 열정이었다. 대학을 졸업하고 은행에서 합격 통보를 받아, 이제 6년차에 접어든 중견사원이 되었다. 하지만 나는 여전히 아나운서의 꿈을 잊지 못했다.

스물여섯 살이 되던 2006년, 나는 아나운서가 되기 위한 준비를 했다. 하지만 스물일곱 살까지라는 나이 제한 때문에 장기 계획을 세울 수 없어 꿈을 접어야 했다. 그런데 하늘도 이런 나의 꿈을 아셨는지, 2007년에 아나운서의 나이 제한이 없어졌다. 너무나 기뻤지만, 이번에는 용기가 없었다. '과연 내가 잘 할 수 있을까.'라는 두려움이 눈앞을 어둡게 했다. '나보다 먼저 준비한 사람들이 많을 텐데.'라는 생각이 머릿속을 스쳐갔다.

그때 나에게 기적처럼 기회가 찾아왔다. 2007년 10월 중순, 오랜만에 가족들과 감귤 농장을 체험할 기회가 생겨 둘러보다가 받은 제안이 나의 인생을 바꾸어놓은 것이다. KBS 〈세상의 아침〉에서 나에게 감귤 현장의 생생함을 전해달라며 리포터 제의를 한 것이다. 내가 아닌 다른 사람이었다면 담담하게 받아들였을 텐데, 나는 너무나 흥분됐다. 바람이 많이 불어서 추웠지만 현장의 느낌을, 카메라를 바라보며 시청자에게 전할 수 있다는 그 자체가 나를 진정 방송인처럼 느끼게 해주었다.

몇 주 후, 방영된 모습은 나에게 더 자극이 되었다. 방송을 본 주위의 지인들이 용기를 북돋아주었다. 그 일이 있은 후, 평소에도 언론에 관심이 많았던 나는 더욱 더 아나운서라는 꿈을 포기할 수가 없었다. 순간 한비야 님이 말한 한 구절이 떠올랐다. "가슴속의 그것을 따르라." 내 가슴속에서 솟구치는 열정을 세상에 보여주고 싶은 욕망이 아나운서 아카데미에 발을 내딛게 했다.

힘들 것이라 예상은 했지만, 회사 일과 병행하기는 생각보다

녹록치 않았다. 자신과의 싸움에서 넘어지기도 하고 다시 일어서기도 할 때 어머니 같은 한 사람을 만나면서 내 자신은 성숙해졌다. '터치포유'의 대표, 이은주 선생님. 아나운서를 처음 준비할 때부터 지금까지 곁에서 지켜주는 분이다. 방송 이미지를 책임지고 있으며 지금은 채용까지 도맡고 있다.

방송업계는 인력 수요가 많지만 그만큼 준비하는 사람들이 넘쳐나 들어가기 어렵다. 그 분은 내가 힘들어할 때마다 옆에서 친구처럼 버팀목이 되어주고 있다. 스물아홉이 된 지금도 끝없이 어머니 같은 마음이 느껴지는 이은주 선생님은 나에게 희망과 용기를 북돋아주었다. "일단, 시작한 이상 계속 포기하지 않으면 언젠가는 네가 원하는 것을 하게 될 거야. 꼭!!"

눈물날 정도로 나에게 힘이 된다. 진심으로 말이다.

성장통 둘, 기자를 꿈꾸다

아나운서를 준비하면서, 언론에 대한 관심이 더 커졌다. 그것은 '기자'라는 직업을 떠올리게 만들었다. 현장에서 취재를 하면서 진정성을 알리고 싶은 마음과 나도 모르게 이끌리는 마음을 멈출 수가 없어, 아나운서에서 기자로 방향을 돌렸다.

꿈을 이뤄가는 과정의 하나로 만나게 된 정치 아카데미. 필자는 가장 어린 나이였지만 최선을 다했다.

뉴스 하면, 특히 김주하 앵커가 한 말이 생각난다. "뉴스는 살아 있는 것이며, 바로 삶이다. 뉴스를 보면 우리가 살아가고 있는 세상, 앞으로 살아갈 세상까지 볼 수 있다."

이 말은 나에게 신선한 자극제가 되었다. 예전에는 뉴스를 있는 그대로 봤다면, 이제는 뉴스 속의 현장을 더 자세히 보며, 그 사람들과 마음을 나누고 있다.

사람들의 열정은 눈빛에서 먼저 읽을 수 있다고 한다. 때로는 날카로운 시선으로, 때로는 따뜻한 감성으로 다가가 현장에서 보고 느낀 것을 사람들과 교감하며 진정성을 전달하고 싶은 마음이 간절하다.

이제 시작이다! 그 하나의 목표를 위해 뛰어다니며 전할 수 있다는 자체가 나를 흥분하게 한다. 오늘도 달려가는 나를 위해 미소를 보낸다.

성장통 셋, 대변인을 꿈꾸다

아나운서를 준비하기 전에도 언론에 관심이 많아, 하루하루 일어나는 사건에 대한 생각을 정리했다. 그러던 것이 훗날 대변인이 되고 싶다는 마음으로 둥지를 틀었다. 그래서 세상에 더 많은 관심을 가지게 되었나 보다. 나의 꿈을 다른 사람보다 더 인정해준 사람이 있다. 내가 아나운서를 처음 시작할 때 같이 있었던 아영 언니. 항상 자신감이 넘쳐 보이는 여자였다. 그때도 지금도 나에게 자극을 주고, 힘이 되어주고 있다.

이렇게 버팀목이 생긴다는 것이 얼마나 든든한지 모른다. 대변인을 향한 꿈을 한 단계씩 실현해나갈 때마다 큰 힘이 되었다. 대변인을 준비하던 중에, 자유선진당에서 '제1기 선진정치 아카데미'를 열고 수강생을 모집한다는 소식을 듣게 되었다. 그 소식을 듣는 순간 "뜻이 있으면 길이 보인다."는 말이 떠올랐다. 나에게는 참 뜻 깊은 한마디였다. 이 말은 바로 힘들어할 때 한 지인이 해준 말이다. 그래서 더 마음 깊은 곳에서 환호성이 터져나왔다.

제1기 구성원 속에 내 자신이 있다는 자체가 너무 행복했다. 평소에 각 당의 논평 등을 보며 나의 생각을 정리해왔던 지난 시간들이 헛된 것만은 아니었음을 확인했다. 기라성 같은 강사들의 강의에서 그동안 내가 느끼고 기록했던 내용이 정리되어 돌아왔을 때의 짜릿함은 말로 표현하기 힘들 정도였다. 더욱이 지금 내 나이가 많다고 느껴왔는데 막상 그곳에 가보니 막내였다. 짧은 4주였지만 참 많은 것을 배웠다.

첫째, 사람마다 힘든 시점은 다르겠지만, 그 시간들을 모두 이기고 이 자리까지 올라왔다는 자신감이 빛나 보였다. 나에게 그들은 위대한 우상처럼 느껴졌다. 둘째, 옷깃만 스쳐도 인연이라는 말처럼, 마치 약속한 듯 이렇게 한자리에 모여 뜻을 같이 할 수 있다는 것에 감사했고 행복했다. 셋째, 교육을 받는 동안 아무 불편 없이 지낼 수 있도록 도와준 자유선진당 사무처 직원들의 배려에도 많은 것을 배웠다. 너무 감사했다.

그렇게 짧았던 4주를 더욱 뜻 깊게 한 것은 그동안 꿈꿔왔던 한 사람과의 만남이다. 나의 롤모델인 자유선진당 박선영 대변인을 만나는 순간, 내 안에 꿈틀대던 무언가가 세상에 나와 기지개를 켜는 듯한 느낌이었다.

그때 나는 깨달았다. 대변인은 하나의 사람이지만 정당의 얼굴이라는 것. 나도 그렇게 될 수 있을까 라는 생각이 들긴 했지만, 주체할 수 없는 자신감이 솟구쳤다. 그날의 시간은 나에게만큼은 길게 느껴졌다. 그 시간이 너무나 고마워서 행복함을 감출 수가 없었다.

20대, 무한한 가능성을 위해

20대를 한마디로 정의하라면, 나는 '가능성'이라고 대답하고 싶다. 지금 스물아홉. 내 자신에게 그 가능성을 항상 물어보곤 한다. 스물아홉이 되기 전, 많은 갈림길 속에서 길을 정하는 데 좌절도 있었지만 그래도 가능성이 있는 20대라는 것을 잊지 않았다. 그 가능성에는 끊임없는 도전과 노력이 있었다.

학창 시절이 생각난다. 고등학교 1학년 때, 나는 한낱 평범한 여고생이었다. 그러던 어느 날, 교내 글짓기대회에 나가 장려상을 받았다. 또한 수상 대표로 선정돼 각 교실에 있는 TV를 통해 나의 모습이 전교에 알려지게 되었다. 이 모습을 본 담임선생님은 나에게 "도전 정신을 잃지 마라."고 하면서, 칭찬을 아끼지 않으셨다.

　그후, 친구들 사이에서 '문학소녀'라는 별명이 생기게 되었다. 그 별명이 부담스럽기는 했지만, 나의 숨겨졌던 열정이 하나씩 피어오르는 것 같아 내 얼굴에는 환한 꽃이 피었다.

　시간이 흘러 고등학교 3학년, 우연히 가입한 종교부에서 종교부장에 발탁되었다. 잘 이끌어나갈 수 있을까 하는 걱정으로 고민하는 나에게 한 지인의 말은 모든 학생들 앞에서 나를 당당하게 했다. 그는 "네 자신을 믿어라! 그리고 그것을 통해 세상을 보아라!" 며 용기를 주었다. 고교 시절 그렇게 쌓인 용기는 대학 생활에서도 이어졌다.

　무한한 꿈을 꾸던 스무 살, 학과 임원을 선출할 때다. 다른 임원보다는 '문예부장'에 마음이 향해 있어 그 순서가 올 때까지 기다렸다. 문예부장 선발시간이 다가오자마자 나도 모르게 손을 들어, 문예부장이 되고 싶다는 입장을 당당하게 밝혔다. 덕분에 그곳에 있는 사람들의 박수를 받으며 문예부장이 되었다. 지금 생각해보면 그때 그 용기가 정말 대단했다는 생각이 든다. 그때까지만 해도 아직 소극적인 성격이 남아 있었기 때문에 나 또한 내 자신에게 놀랐다. 내 새로운 변화에 대해서 말이다.

　임원 선출이 끝난 후 둘러보니 임원에 선출된 사람 모두가 앞으로 있을 일에 대해 얼마나 호기심이 많았는지, 눈빛에서 이미 자신감이 넘쳐 보였다. 서로 의견을 나누며 일을 하는 과정을 통해 사회생활을 미리 경험해본다는 생각으로 모두들 더 열심히 일하며 즐거운 학교생활을 했다.

졸업식이 있던 날, 문예부장이라는 직책은 나를 더 빛나게 해주었다. 그동안에 있었던 일이나, 학과 친구들의 여러 가지 이야기들을 정리한 뜻 깊은 책을 내가 직접 제작하여 나누어주었던 것이다. 우리들만의 이야기를 공유할 수 있다는 것에 너무나 뿌듯했다. 사람들에게 무언가를 줌으로써 오히려 스스로를 '너무 멋지다!'라고 생각할 수 있었다. 지금 생각해보면 내가 나에게 준 가장 행복한 선물이었던 것 같다. 또한 그때의 열정은 '언젠가 무언가를 이룰 수 있다.'는 용기를 가질 수 있게 해준 계기가 돼 그때를 기억하면 언제나 가슴이 벅차오른다.

열정이란 말은 사람마다 다르게 느끼는, 참으로 흥미 있는 소재인 것 같다. 특히 나에게는 뜨겁게 끓어올라 지칠 줄 모르는 힘이며, 지금 이 순간에도 이어지고 있다. 원하는 것에 대한 마음이 간절하고, 그것에 대한 노력이 진실하다면 언젠가는 이루어질 것이다!

과연, 마음으로 간절히 원한다는 것은 구체적으로 어떤 것일까? 지금 세상에 대한 많은 관심이 취미가 되어버린 나는, '나'를 버리고, 국민의 입장이 되어 다시 생각하게 된다.

주변 사람들이 생각하고 말하는 것을 듣고 다시 생각해보면, 나를 버리고 떠나는 새로운 여행을 하는 것 같다. 그것은 내가 알고 있는 사람을 떠나 국민에게 더 다가가기 위해 숙제를 풀어가는 과정이라고 생각된다. 돌을 쌓아 올리는 것처럼 그 말들을 모아서 정리해나간다면, 새로운 하나가 될 것이라는 내 작은 소망이 이루어질 것이라고 믿는다.

정치는 꿈을 현실로 만든다

나는 매일 하루 일과를 기록한다. 그리고 생각하고 정리한 내용을 다시 한 번 보면서, 나에게 많은 질문을 던지며 나 자신에 대한 생각을 한다. 자신을 되돌아보면서 스스로에게 솔직해지려고 노력한다.

거리에 지나다니는 사람들을 보면, 겉으로는 똑같게 느껴지지만, 속마음은 그렇지 않다. 사람들이 서로에게 다가가기 위해서는 우선 마음을 열어야 한다. 마음! 하나의 열매처럼 마음도 어떤 방향으로 가느냐에 따라 열릴 수 있다. 여러 각도로 보면서, 내 머릿속에는 많은 질문이 오간다. 그 질문 중의 하나.

그것은 바로 '정치는 무엇일까.'라는 것이었다.

아직은 배우는 과정이지만, 정치는 각자 가진 꿈을 현실로 만드는 것이라고 생각한다. 즉, 직접 현장에서 사람들이 원하는 것을 듣고, 보고, 내 자신이 그 사람들을 대변하는 것이라고 말하고 싶다. "살라! 오늘이 마지막인 것처럼" 이란 말이 있듯이, 하루를 살아가는 데 조그마한 꿈도 꾸지 않고 살아간다면 무슨 의미가 있을까?

내가 생각하는 성공은 꼭 큰 것만 가리키는 것이 아니다. 성공이란, 장애물 뒤에 오는 하나의 기쁨인 것 같다. 그 기쁨, 희망의 메시지를 전하고 싶어 하는 마음이 나 자신을 일어서게 만든다. 그래서 지금의 나는, 하고 싶은 분야에서 더 잘하기 위해 기자가 되기 위한 준비도 하면서 대학원 입학도 준비 중이다.

나에게 열정이 끝없이 넘치는 이유는 무엇일까? 다른 사람들은 20대를 어떻게 마무리하고 있을까?

자신에 대한 확신이 인생을 좌우한다. 그래서 지금의 나에게 정치는 또 다르게 느껴진다. 그것은 곧 다른 사람들이 어떻게 생각하며 고민을 풀어나갈지를 함께 고민하는 것이라고 말하고 싶다. 지금은 겨우 기지개를 켠 상태이지만, 한 걸음씩 걸어가면서 내 가능성을 시험하려 한다.

대변인! 대변인은 정당의 얼굴이다. 중심을 잃지 않으면서, 국민들에게 희망을 주기 위해 노력하는 사람이다.

지금 정치 현장에서 활발하게 움직이고 있는 정당의 대변인들을 보면서 마음을 다잡곤 한다. 그것은 바로 국민의 알 권리를 지켜주기 위한 나의 간절함이다. 여성이 정치를 하는 데 어려움이 있을 수 있지만 상황은 변하기 마련이다. 나는 오늘도 용기를 잃지 않고 한 걸음씩 걸어간다. 그렇게 그 초심을 잊지 않고, 나에게 맡겨지는 일들은 나라를 위해, 또 국민을 위해 성심성의껏 하나의 꿈으로 만들어 이루고 싶다.

그 꿈 앞에 많은 장애물이 있을지라도 무한한 가능성을 위해 포기하지 않고 오늘도 하늘을 향해 외친다.

"꿈은 잊지 않고 이루어질 것이라고 믿는 자에게 열린다. 그리고 저 멀리, 세상이 볼 수 있게 날아가라. 여성이자 정당의 얼굴로, 노력하는 미래의 대변인의 모습으로……."

김영민

자연 친화적이고 풍요로운 문화도시,
내일을 열어가는 미래도시라는 감탄사를 외치는 'It's Daejeon'의
대전이 고향입니다. 현재 금융기관에서 일하고 있습니다.
정당의 대변인을 꿈꾸고 있기에 아나운서 아카데미,
정치 아카데미 등에 참여해 내공을 쌓고 있습니다.
"네 자신을 믿어라! 그리고 그것을 통해 세상을 보아라!" 라는
좌우명으로 미래를 개척해가고 있는 믿음직한 20대입니다.

이젠 여성이
정치 중심에 서야 할 때

*

한영희

정치인 이명숙은
내 자부심

*

이명숙

문화 정신,
지금 대한민국이
필요로 하는 것
*
신동의

워킹맘
정치~~학
*
함영이

내일이 기대된다

정치인 이명숙은 내 자부심

이명숙

국회의원 선거에 출마한 남편을 도와 정신없이 뛰던 2004년 봄, 남편이 불쑥 "여보! 나 대신 당신이 출마해야겠어. 정치는 나보다 당신한테 더 잘 어울리는 것 같아." 하며 내 마음을 흔들었다.

말도 되지 않는다고 거절했지만 순간, 짜릿한 전율이 지나갔다. 무소속으로 예비 등록을 한 남편과는 별도로 자민련으로부터 출마 권유를 받아오던 터라 더욱 그랬다. 남편의 출마 권유는 더 이상의 갈등이 의미 없음을 알려주는 신호였다. 남편의 요청도, 자민련의 권유도 모두 거절할 수 없다는 생각이 들었을 때 어린 시절부터 꿈꾸어왔던 정치인 이명숙의 영상이 떠올랐다.

나는 어릴 때부터 정치를 좋아했다. 소녀 시절의 꿈도 정치인이었다. 공부 좀 한다는 친구들도 졸업하면 결혼하기에 바빴던 시절, 정치를 좋아하고 정치인을 꿈꾸게 된 것은 내 기억에 또렷이 박힌 한 정치인의 눈빛에 이끌렸기 때문이다.

주인공은 박정희 전 대통령. 내 고향인 문경에서 초등학교 교사를 지냈던 박 전 대통령이 그 시절을 잊지 않고 문경을 방문한 적이 있다. 대통령을 어떻게 환영했는지는 생각나지 않지만 그때, 박 전 대통령을 보면서 나도 모르게 숨이 막혀버릴 것 같았던 기억은 지금도 또렷하다. 그의 눈동자가 뿜어내는 빛이 가슴에 그대로 박혀버렸다. 그때부터 지금까지 '정치'라는 두 글자는 내 인생의 동반자가 됐다.

어린 마음에도 무언가 다른 것이 느껴졌다. 박 전 대통령의 새까만 얼굴은 무섭게 빛을 발하고 있는 눈동자를 더욱 강하게 만들고 있었다. 그 눈빛에서 집념과 의지가 읽혔다.

'저 분은 잘할 수 있을 거야.'라는 생각을 했다. 재임기간 18년 동안 고향 문경에 박 전 대통령이 남긴 족적은 어린 날의 기대만큼 선명하다. 가뭄과 홍수가 수없이 반복됐던 시절의 새마

을운동이나 경부고속도로 건설, 월남 파병은 모두 결정하기가
쉽지 않은 큰일들이었다.

당시는 밥을 굶는 국민이 많았다. 박 전 대통령은 이런 쉽지
않은 결정들을 해나가며 지긋지긋한 가난을 몰아낸 지도자였
다. 그랬기에 100년에 한 번 날까말까 하는 영웅이었다고 감히
평가하고 싶다.

어린 마음이었지만 그때 이런 결심을 했다. '나는 대기만성
할 것이다. 반드시 정치인이 될 것이다. 국민이 원하는 사람,
그 자리에 꼭 필요한 정치인으로 다시 태어날 것이다.'라고. 업
적을 남기는 정치인도 좋지만 국민이 고통 받고 힘들어할 때 그
고통을 덜어줄 수 있는, 꼭 있어야 할 자리에 있는 정치인이 될
것이라고 다짐했다.

잔잔한 가슴에
파문 일 듯 시작된

디지털사회라고 얘기하는 지
금도 한국 사회는 남성 위주
의 그늘에서 벗어나지 못하
고 있다. 여성이 꿈을 이루기 위해 노력하면 욕심이 많다는 말
로 치부해버린다. 그런 분위기 속에서 여성들은 꿈을 이루려는
욕심을 내지 못한다. 속으로만 전전긍긍할 뿐.

나 역시도 그런 사회 분위기를 피해가지 못했다. 남편이 무소속 예비 후보로 등록한 것은 내 뜻이었다. 다행히 남편이 부탁을 받아들여 열심히 선거운동을 시작했던 것이다.

제17대 총선이 치러진 2004년은 미디어 선거가 한창 무르익었을 때다. 각 방송국마다 토론회가 끊이지 않았다. 자민련과의 인연도 방송국에서 맺어졌다.

대구 MBC가 주최한 토론회에 출연한 남편을 방송국 휴게실에서 기다리다 보니 휴게실에서 대기하고 있던 다른 사람들과 자연스럽게 어울리게 됐다. 그 자리에는 당시 자민련 대구시당 위원장 등 자민련 관계자들이 상당수 있어 함께 이야기를 나눴다.

초면이었지만 선거철이었고 더욱이 예비 후보자들의 토론회가 열리고 있었기에 화제는 자연스레 정치 쪽으로 기울어졌다. 토론회에 참석하는 모든 후보들이 대화의 대상이었다. 각 당 관계자들이 모인 자리에서 후보의 인품이며 배경, 시시콜콜한 사생활 이야기까지 다양하게 전개될 때 내가 한마디 던졌다.

"국회의원이 되려는 후보는 그 자리에 앉을 만한 재목이 되어야지 출신 지역 찾고 정당을 찾아서야 올바른 정치를 하겠느냐."고 일갈했다. 대부분의 선거가 지역과 정당 중심으로 전개되고 있는 한국 정치 현실에 대한 평소의 소신이기도 했다.

내 이야기에 열심히 귀를 기울이던 자민련 관계자들이 불쑥 이런 제의를 했다. "남편과 함께 출마하는 것이 어떻겠느냐."고. 이른바 스카우트 제의였다. 남편이 이미 출마 선언을 했는데 부인이 함께 나간다는 것은 말도 되지 않는 모양새라며 딱 잘라 거절했다. 자민련 대구시당의 출마 요구는 그러나 그후 아침저녁 계속됐다. 출마 섭외가 아니라 강요였다.

자민련 측에는 "생각 좀 해보자."는 답변으로 일관하며 차일피일 확답을 미루고 있었다. 그런데 한 달 동안 예비 후보 생활을 해본 남편이 자신은 정치와 맞지 않는다고 한 것이다. 자신은 일에 충실할 테니 어릴 때부터 정치를 좋아했던 사람이 직접 나서보라고 내 등을 떠밀었다.

보수 정당도 때론 개혁이 필요하다

제17대 국회의원 선거 대구 동구을 자민련 후보. 정치를 향한 내 첫 도전장이다. 계획에 없던 출마였지만 출마 그 자체는 엄청난 경험이었다. 한 달 동안 이어진 TV 토론과 인터뷰, 선거 유세는 그야말로 숨 막히는 긴장의 연속이었다.

대구는 보수적인 성향이 강한 곳인데다 지역적인 정서도 분명했다. 나의 출마는 성별의 벽, 지역의 벽을 모두 넘어야 하는 도전이었다.

"소신을 가지고 최선을 다하라."는 격려도 있었지만 "여기가 어떤 곳인데 그 간판을 달고 나오느냐."는 질타도 많이 받았다. "집에서 살림이나 하지 왜?" 하는 시선도 느꼈다.

유일한 여성 후보라는 관심은 받았으나 관심이 표로 이어지는 것은 아니었다. 무기력해질 때가 한두 번이 아니었다. 그때

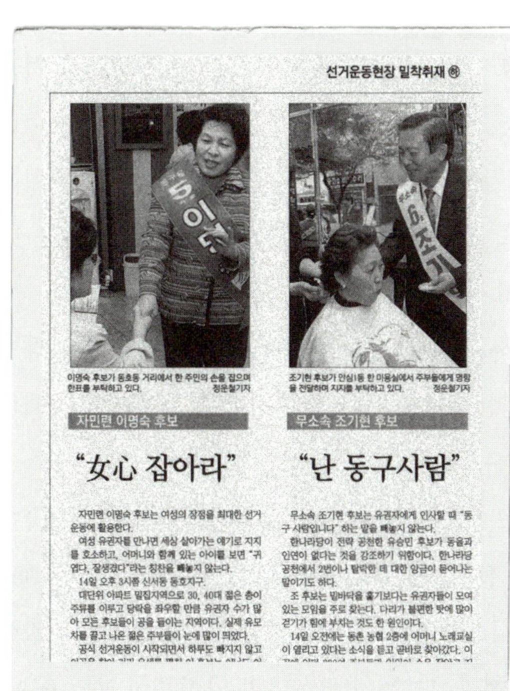

제17대 국회의원 선거 당시 언론에 비친 필자. 꿈이 있었기에 출마는 힘들기보다 즐거웠다.

마다 출마의 이유를 곱씹었다. 지역에 함몰되고 돈으로 표를 사려는 구태 정치를 철폐하겠다는 초심을 계속 확인했다. 당선이 아니라 '정치 신인, 이명숙'의 인지도를 심자고 결심한 것이니만큼 최선을 다해야 한다고 다짐하고 또 다짐했다. 자민련이 보수 정당이라고 개혁을 하지 말라는 법은 없지 않은가.

이른 아침부터 늦은 밤까지 발이 부르트도록 걷고, 악수하고 머리를 숙였다. 사람들을 만나 손을 잡고 인사하고 그들의 바람과 넋두리를 함께 들었다.

어려움은 이루 헤아릴 수 없이 많았지만 어릴 때부터 꾸어왔던 꿈을 이루는 과정이었기에 선거운동 기간은 내 인생의 소중한 순간이 되었다. 당선이 아니라 인지도를 넓히겠다는 초심은 지는 선거였음에도 불구하고 선거를 즐기게 했다. 득표율은 낮았지만 과정을 중요시한 만큼 감내할 수 있었다.

선거에 출마를 하고 나서 정치는 아무나 하는 것이 아니라는 것을 깨달았다. 사명감이 있어야 한다는 것을 알게 됐다. 때문에 잃은 것보다 배운 것이 더 많았다고 자부한다.

선거에 패배하고 1년도 되지 않아 보궐선거가 있었다. 박창달 전 의원이 사전 선거운동으로 당선 무효가 확정되면서 2005년 대구 동구을에서 보궐선거가 진행됐다. 으레 그렇듯 보궐선거는 정권에 대한 심판이라는 어마어마한 타이틀이 붙었다. 대구 동구을 역시 고 노무현 전 대통령의 오른팔이라 할 수 있는 이강철 후보와 유시민 후보가 함께 거론됐다. 한나라당에서는 박근혜 전 대표의 최측근인 유승민 후보가 나왔다.

결과는 유승민 후보의 승리였다. 특정 정당의 후보가 되면 나무막대를 꽂아도 당선된다는 대구에서 자민련 간판으로는 유세에 나서는 것조차 힘들었다. 언론들은 힘 있는 당을 대변이라도 하듯 집권당과 제1야당 후보만 앞 다투어 글을 실어주고 있었다.

그래도 나는 포기하지 않고 열심히 최선을 다하였다. 타고난 성품대로 걷는 길이라서 그런지 힘들지만 즐거웠다. 언젠가는 나의 뜻을 국민에게 전할 때가 있을 것이라고 믿었다. 하루하루가 힘들었지만 꿈을 이룰 그날을 위해 인내하고 또 인내할 것이라는 다짐을 거듭했다.

정치는 나를 성장시키는 동력

어린 시절 아버지는 "너는 앞으로 큰일을 할 사람이다."라고 격려해주곤 하셨다. 나는 그 말을 믿는다. 이번이 아니면 다음, 또 그 다음이 되더라도 내가 원하는 것을 이룰 것이라고 확신한다.

　정치를 꿈꾸는 딸에 대한 아버지의 격려는 그후 내 인생을 지켜주는 버팀목이 되었다. 쓰러져도 다시 일어나는 오뚝이 같은 존재로 만들어주었다.

　그 시절 대부분의 딸들이 겪었던 것처럼 남동생의 진학을 위해 나는 상급학교 진학을 포기했다. 딸의 공부에 지원을 아끼지 않는 집은 거의 없었다. 그러나 뜻이 있는 사람들에게 기회는 열려 있는 법. 검정고시와 방송대가 접을 뻔했던 미래를 지켜주었다.

　지금처럼 학원도 없고 나를 위해 성심성의껏 가르쳐주는 과외선생님도 없었지만 공부를 시작했다. 믿을 사람은 나 자신뿐이었다.

　대입검정고시를 준비하겠다고 마음먹었지만 뭘 어떻게 해야 할지 가르쳐주는 사람이 주변에 없었다. 공부하는 방법도 제대로 익히지 못했던 터라 내 우직함으로 밀고 나갈 수밖에 없었다.

　모르는 것은 외우고 또 외웠다. 잠을 쫓기 위해 하루에 커피를 다섯 잔이 넘게 마셨다. 죽기 아니면 까무러치기였다. 남들이 한 시간 공부하면 나는 두 시간 공부해야 했다. 영어는 남들이 한 시간에 할 것을 열 시간이 넘게 투자해야 따라갈 정도로 힘이 들었다. 하지만 그 열 시간을 나는 기꺼이 투자했다.

최선을 다했기에 그리운 방송대 재학 시절, 동료들과 함께 찍은 기념 사진.
(맨 왼쪽이 필자)

지금도 힘들 때면 그때를 떠올리며 "나는 할 수 있다."를 외친다. 그 장벽을 너끈하게 극복한 나 자신에게 아낌없이 박수를 보낸다.

이런 노력들을 바탕으로 대입검정고시를 통과한 후 내친김에 방송대에 진학했다. 방송대에서도 고삐를 늦추지 않았다. 영어 과목 교수 중 한 분이 "25년 교수 생활 동안 이렇게 지독하게 달달 외우는 학생은 처음이다."라고 혀를 내두를 정도였다.

공부뿐 아니라 방송대에서는 인맥을 쌓는 일도 게을리 하지 않았다. 따지고 보면 방송대만큼 인맥을 넓힐 수 있는 곳도 드물다. 전국 곳곳에 방송대가 있어 동문의 수가 대한민국 어느 학교도 따라올 수 없을 만큼 어마어마하다. 그런 대규모 대학에서 대구·경북 지역 총학생회 부회장을 맡기도 했다.

그때가 1984년. 내 나이 서른을 훌쩍 넘긴 때였으니 남들보다 10년은 늦은 셈이다. 나이는 그때나 지금이나 숫자에 불과하다. 남들보다 늦게 시작했지만 조금 더 멀리 가고 싶었다. 그래서 대구가톨릭대 교육대학원에 진학해 상담심리학으로 석사 학위를 따냈다.

어린 날 내 가슴에 박힌 정치에 대한 꿈은 젊은 날의 나를 성장시키는 동력이었다. 그냥 보통 사람들처럼 평범한 삶을 추구했다면 밤잠을 설쳐가며 공부할 이유도, 재미도 없는 영어책을 달달 외우는 고생도 하지 않았을 것이다. 꿈이 있기에 젊은 날의 고생은 자부심이 되어 내 가슴에 둥지를 틀었다.

이익을 나누는 CEO
이명숙

처음으로 국회의원 선거에 출마했다가 실패한 뒤 남편이 "사무실을 하나 내줄 테니 사업을 해보라."고 권유했다. 세무사인 남편이 자신이 일하는 건물에 사무실을 하나 제공해줄 테니 뭔가 해보라는 것이었다.

선거에 출마하라고 할 때 그랬던 것처럼 사업을 해보라고 권유할 때도 망설였다. 덜컥 겁이 나기도 했다. 그러나 남편의 권유는 억만금을 주고도 얻을 수 없는 격려였다. 남편은 나를 가장 잘 알고 있고 가장 냉철하게 볼 수 있는 사람이다. 그런 남편이 추천하는 것이기에 자신감이 생겼다. 남편은 늘 내게 '기회'라는 선물을 주는 사람이다.

사람들과 어울리기 좋아하는 성격이어서 여행사를 냈다. 여행업은 부침이 많은 업종이다. 환율 급등이니 신종 인플루엔자니 하는 생각하지도 못한 복병이 생기면 직격탄을 입기 쉽다. 하지만 지금까지 큰 어려움 없이 순조롭게 사업을 키우고 있다.

2005년 시작부터 한 번 인연을 맺은 고객은 거의가 다시 찾을 정도로 이제는 자리를 잡았다. 내 이름 앞에 CEO라는 타이틀도 자신 있게 내놓을 수 있게 됐다.

사람과의 관계가 가장 중요한 여행사를 하면서 나는 원칙을 세웠다. 내 이익을 고객과 함께 나눈다는 것이다. 내가 가져갈 이익의 절반을 고객에게 돌려준다는 마음으로 믿음을 갖고 실천하자 거짓말처럼 사업이 잘돼갔다.

대한민국, 귀를 열어야
마음을 얻는다

대구·경북은 지금도 그렇고 예전도 그렇고 한나라당의 텃밭이다. 그런 곳에서 2007년 국민중심당 간판으로 대권에 도전한 심대평 대표의 선거운동을 펼쳤다. 선거운동은 어려움 그 자체였다.

그때 그는 "나는 중학교 때부터 매일 거울을 보며 나에게 삼배씩 절을 한다."고 일상을 소개했다. 내가 나를 사랑한다는 것은 가장 큰 힘이고 자부심이다. 일상의 삶 속에서 비범함을 찾을 수 있다는 것을 알게 되었다. 그의 말은 내면의 삶을 되찾는 계기가 되었다.

그때의 선거운동은 국민중심당과 이회창 총재가 대선기간 동안 힘을 합치게 되면서 이회창 후보의 선거 지원으로 이어지게 됐다.

대선을 치르면서 이회창 총재에 대한 전국 지지도가 대단함을 알 수 있었다. 이런 지지도가 있었기에 더욱 힘이 났다. 변화와 개혁, 국민의 소리에 문을 활짝 열고 귀 기울이면 국민들의 마음을 다시 얻을 수 있다는 확신을 갖게 됐다.

나의 정치 신념,
"하면 된다."

총선에 출마하고 CEO가 되면서 나는 모든 것이 하나로 통한다는 것을 알았다. 내가 먼저 베풀어야 한다는 깨달음이 작은 이익도 함께 나누는 봉사 활동을 하게 했다. 봉사 활동을 하면서도 초심을 유지하기 위해 매일 108배를 하며 마음을 정진했다. 사업도, 정치도 그리고 한 사람의 인생도 남에게 베푸는 만큼 돌아온다. 정치를 꿈꾸는 사람은 먼저 베풀어야 한다고 항상 되새긴다.

내 인생의 신념은 "하면 된다." 이다. 태산을 뚫을 만큼 강한 집념과 용기, 그리고 도전은 불가능을 가능하게 하는 에너지이다. 의식적으로든 무의식적으로든 긍정적이면서 바른 생각과 바른 행동을 해야 한다. 그래야 원하는 뜻을 펼치는 데 강한 힘을 발휘할 수 있게 된다. 이 시대의 정치인으로 서게 만든 것도 그 같은 힘이 바탕이 되었다. 정치는 소신이 있어야 한다. 때문에 철새 정치인은 멀리해야 된다.

어디에서든지 꼭 필요한 자리에 필요한 사람이 되어야 한다. 소금과 같은 역할과 직언은 이 시대 정치인이 가져야 할 필수 덕목이 아닐까 생각한다. 나는 그런 정치인이 되고 싶다.

직언을 서슴없이 올릴 줄 아는 올곧은 신하는 예로부터 정치를 단단한 초석으로 세우는 데 근본이 되었다. 국가와 국민을 위해서라면 당색을 달리해서라도 직언을 올릴 줄 아는 정치인이 이 시대가 원하는 진정한 정치인이라고 감히 말하고 싶다.

사람들은 말은 쉽게 하면서도 말을 행동으로 보여주는 것은 제대로 하지 못한다. 행동으로 옮기지 못하는 말은 말장난에 불과하다. 정치인은 말만 번지르르하게 잘한다고들 한다. 하지만 정치인에게 말은 곧 법이다. 말을 행동으로 옮겨야 국민의 고통을 덜어줄 수 있다. 정치는 업적을 남기는 것도 중요하지만 통찰력과 지혜를 겸비해야 한다.

정치인은 내가 아닌 우리가 함께 살아가는 길을 지향해야 한다. 말이 먼저가 아닌 행동으로 국민과 함께 해야 한다. '정치인 이명숙'이라는 내 자부심은 이런 정치 신념을 더욱 강하게 지탱시켜준다.

이명숙

소백산맥의 정기가 응집된 주흘산의 빼어난 기상을 함께 하며 문경에서 자랐습니다. 독학으로 대학교를 마치고 교육학 석사까지 취득했습니다. 제17대 국회의원 선거에 대구 동구을 자민련 후보로 출마하며 정치를 시작했습니다. 국민중심당 대구시당 여성위원장과 부대표, 중앙당 당무위원을 역임했습니다.
제18대 총선에서 자유선진당 비례대표 13번으로 출마했으며 현재 자유선진당 경북도당 여성위원장과 중앙위원으로 활동하고 있습니다. "여성이 바로 서야 나라가 바로 선다." 는 믿음으로 정치를 하고 있습니다.

이젠 여성이 정치 중심에 서야 할 때

한영희

정치에 첫발
'여성 조직의 힘'

정치의 '정' 자도 모르던 내가 정치와 인연을 맺게 된 것은 제17대 총선 선거운동이 막 시작되던 2003년 가을. 지금은 고인이 된 구논회 전 국회의원의 부탁이 계기가 됐다. 구 전 의원은 47세의 젊은 나이에 대전 서구을에서 열린우리당 공천을 받아 17대 국회의원에 당선됐지만 2006년 11월 암으로 세상을 떠나 많은 사람들을 안타깝게 한 정치인이다.

선거 출마 당시 구 전 의원은 대전시 서구 둔산동에 있는 대학학원 이사장이었고 내 큰아들이 그 학원을 다니고 있었다. 학부모 입장에서 나는 입시 상담을 받기 위해 학원을 몇 차례 방문해봤기에 이사장의 인품을 누구보다 잘 알고 있었다.

구 전 의원은 나를 만나자마자 "17대 국회의원 선거에 대전 서구을을 지역구로 해서 출마하기 위해 준비하고 있다."며 "선거캠프에서 여성부 관리를 맡아달라."고 제안했다.

주저하지 않고 흔쾌히 제안을 받아들였다. 무엇보다 여성부를 관리해달라는 말에 귀가 솔깃했다. 보험회사 육성실에 근무하면서 6년여 동안 여성 신입사원 교육과 관리를 담당했던 경력이 있었기 때문이다. 여성 관리는 자신도 있었고 적성에도 맞을 것이라는 판단이 섰다.

구 전 의원의 제안을 수락하고 며칠 뒤 선거캠프로 첫 출근을 했다. 그런데 어떻게 된 일인지 나 말고는 여성 부원이 단 한 명도 없었다.

'도대체 누구를 어떻게 관리하라는 것일까?' 너무나 황당했다. 무엇부터 해야 하는지 갈피를 잡을 수 없었다. 그때부터 사나흘간 무척 많은 고민을 했다. 구 전 의원의 제의를 수락한 것을 후회하기도 했다.

고민 끝에 한번 마음먹은 것은 끝까지 해내고야 마는 내 특유의 오기가 발동했다. 여성부를 직접 만들면 된다는 배짱이

정치는 봉사다. 봉사의 손길을 필요로 하는 곳이면 어디든 달려가는 필자.

생긴 것이다. 그 길로 여성부 조직을 만드는 작업을 시작했다.

가장 든든한 밑천(?)은 아이들이 다니는 학교에서의 학부모 활동이었다. 초등학교 주부교실 회장, 중학교 학부모회 부회장 및 학교 운영위원 등등. 학부모 활동이 그렇게 큰 도움을 주게 될지 그때까지는 몰랐다.

한동안 들여다보지 못했던 명단들을 펼쳐놓고 도움을 줄 만한 사람들을 찾아냈다. 그리고 이 사람 저 사람 직접 발품을 팔아 한 명씩 한 명씩 만났다.

몇몇 사람들은 "왜 그 험한 선거판에 발을 들여놓느냐." 며 말리기도 했지만 대부분은 "도와주겠다. 함께 하겠다."고 했다. 그동안 남에게 인심을 잃지 않고 살아왔다는 생각에 스스로 대견했다.

조금씩 자신감이 붙어 보험회사에서 나에게 교육을 받았던 사람들 중에서 적극적이고 활동적이며 진실된 여성들을 찾아 나섰다. 각 지역 아파트 단지 부녀회장들을 만나 일일이 부탁을 했다. 그중 한 부녀회장님은 후보 사주와 내 사주를 가져오라고도 했다. 점 보는 곳에 가서 당선된다고 하면 도와주겠다는 것이다. 점괘가 잘 나오자 그 부녀회장님은 적극적으로 나를 밀어줬고, 지금도 나에게 많은 힘이 되고 있다.

하루하루 시간이 지나면서 선거캠프의 여성부 명단에는 여성들의 이름이 켜켜이 쌓이기 시작했다. 명단에 이름이 늘어나면 늘어날수록 나의 보람도 커갔다. 무엇보다 주변으로부터 능력을 인정받았다는 것에 너무도 신이 났다. 그때 만든 여성부가 지금 내 힘의 원천이다.

**승리의 기쁨 뒤에
찾아온 법정 구속**　　　17대 총선 당시 열린우리당에서는 각 지역마다 후보자 경선이 치열했다. 그 전까지는 주로 당 총재나 실권자들에 의한 하향식 공천이 주류를 이루었다. 하지만 '참여와 통합'을 기치로 내건 열린우리당은 아래로부터의 공천, 즉 당원 및 국민들이 후보자를 뽑는 상향식 공천 방식을 채택했다.

대전 서구을 열린우리당 후보 신청을 낸 경선 후보는 무려 네 명이나 됐다. 본선인 총선은 생각할 여지도 없이 예선인 경선에 모든 것을 걸어야만 했다.

그때만 해도 선거가 뭔지, 선거법이 뭔지 제대로 몰랐다. 열의 하나만 가지고 열심히 뛰었다. 오로지 이겨야 된다는 목표만 있었을 뿐이었다. 그 결과 구 전 의원은 50%가 넘는 지지율로 경선에서 승리했다. 그야말로 압승이었다.

정말 어려운 선거였다. 지금 생각해보면 내가 치른 선거 중에 가장 힘든 선거가 그 예비 선거였다. 급성 위경련으로 병원 응급실을 두 번이나 찾았다.

어렵고도 어려운 선거였기에 경선 결과가 나왔을 때 우리 선거캠프에서는 누구라 할 것 없이 서로 끌어안고 울었다. '아! 선거의 승리가 이런 것이구나.' 그때의 감격은 이루 말로 표현할 수 없었다.

하지만 그 기쁨은 잠시였다. 경선이 끝나고 열흘쯤 뒤에 나에 대한 경찰의 수사가 시작됐다.

혐의는 사전 선거운동이었다. 경선 과정에서 내가 중심이 되어 당원들에게 전화 여론조사를 했는데 경쟁 후보자 중 한 명의 조카가 이를 녹취해서 경찰에 신고를 한 것이다. 그것이 선거법 위반인지도 모른 채 다이얼만 열심히 돌렸던 나는 세상에 태어나 한 번도 가본 적이 없었던 경찰서 문턱을 수차례 넘나들어야 했다.

그때부터 경찰서에 아침에 불려 가서 다음 날 새벽이 되어서야 돌아오는 일이 몇 번이고 반복됐다. 무려 8개월 동안 조사를 받았고 결국은 법정에까지 서게 됐다. 그때까지도 그것이 그렇게 큰 잘못이라고 생각하지 못했다.

징역 6개월이라는 실형이 떨어졌고, 그날로 법정 구속이 됐다. 그 뒤 57일간 수감 생활을 하다가 항소심에서 풀려나왔다.

그 일로 남편과 가족들에게 큰 빚을 졌다. 또한 나를 돕다가 같이 재판을 받으며 고초를 겪은 여성부 소속 다섯 명의 자원봉사자들에게도 평생 갚을 수 없는 빚을 지게 됐다.

물론 후회는 없다. 선거가 어떤 것이고, 정치가 무엇인지를 조금은 알게 됐다. 선거법에 대해서도 일가견을 갖게 됐다. 다시는 선거법을 위반하지 않겠다는 다짐도 했다. 무엇보다 나를 믿어주고, 늘 진심으로 대해준 구 전 의원에게 나만 살자고 배신하지 않고, 끝까지 의리를 지켰다는 자부심이 가장 큰 수확이라고 여겨졌다.

갖은 어려움을 겪으면서 당선된 구 전 의원은 왕성한 의정 활동을 벌이다가 2년여 만인 2006년, 암으로 세상을 떠났다. 쉰 살도 채 되지 않은 한창 나이인데, 너무도 허망했다. 억울하기까지 했다.

빈소를 지키는 내내 구 전 의원과 함께 했던 순간들이 머릿속을 떠나지 않았다. 구 전 의원을 영원히 보내드리고 돌아오는 길에 결심했다. '이제 정치하고는 인연을 끊어야겠구나.'

한번 내딛은 정치와의 인연은 그러나 생각처럼 쉽게 끊어지지 않았다. 대전 서구을은 구 전 의원의 자리를 메울 보궐선거를 곧바로 치러야 했고 나는 다시 도와달라는 부탁을 받게 됐다.

보궐선거에 열린우리당은 후보를 내지 않았다. 대신 당시 심대평 국민중심당 대표로부터 연락이 왔다.

'심 대표처럼 훌륭한 사람이 우리 지역 국회의원이 된다면 영광이다.'라는 생각이 들었다. '다른 사람이었다면 그만두었을 텐데.' 하면서 정치 현장을 떠나려던 마음을 고쳐먹고 다시 선거에 뛰어들었다. 결과는 심 전 대표의 압승이었다.

그 이후 심 전 대표는 1년여 남은 17대 국회의원 임기 동안 대전 서구을에서 활동을 하다 2008년 치러진 18대 총선에서는 자유선진당으로 말을 갈아타고 고향인 충남 공주·연기로 지역구를 옮겼다.

나도 자유선진당으로 말을 바꿔 탔다. 그러고는 18대 총선에서 대전 서구을에 재도전한 현 자유선진당 대전광역시당 위원장이자 최고위원인 이재선 후보의 캠프에 합류하게 됐다.

이재선 최고위원과 나의 인연은 참 묘하다. 이 위원은 대전 서구을에서 15대, 16대 국회의원 선거에 연이어 당선됐다. 그런데 17대 국회의원 선거에서는 구논회 전 의원에게 일격을 당했고, 이어 치러진 보궐선거에서는 심 전 대표에게 패배를 당했다. 그때 나는 각각 구 전 의원 캠프와 심 전 대표 캠프에서 일했으니 말이다.

자유선진당 중앙여성위원회와 대전시당 여성위원회가 함께 진행한
난치병 어린이 돕기 자선바자회의 기금 전달식. (왼쪽에서 네 번째가 필자)

18대 총선에서 나는 마침내 이재선 의원을 도왔다. 그동안 본의 아니게 지은 죄스러움(?)을 씻어낼 수 있도록 최선을 다했다. 결과는 또 한 번의 승리였다. 그 어느 선거 때보다도 기뻤다.

운이 좋았을까, 능력이 있어서였을까? 내가 참여한 캠프는 모두 선거에서 이겼다. 2004년부터 2008년까지 5년 동안 국회의원 선거를 세 번이나 치렀고, 모두 승리했다. 3전 3승의 기록이다.

내 인생의 과제가 된 '정치'

얼마 전 한 행사장에서 선거법 위반으로 조사를 받았을 때 나를 담당했던 경찰관을 우연히 만났다. 그는 "아직도 정치 쪽에 있느냐, 무섭고 징그럽지도 않느냐."고 물었다. 나는 "정치가 운명인 것 같다. 무척 재미있고 적성에 잘 맞는다."고 답해주었다. 그 경찰관은 열심히 하라는 말로 격려해주었다.

집에서 서랍을 정리하다 우연히 고등학교 때의 앙케트 노트를 보게 됐다. 그 내용 중에 장래희망을 묻는 항목이 있었다. 다른 친구들의 답은 간호사, 선생님, 현모양처 등 이런 것들이었는데 내 답은 엉뚱하게도 정치인이었다. 옆에 이유도 씌어져

있었다. '불평등한 세상을 공평한 세상으로 만들고 싶다.'

어렸을 때 내가 정치인이 되고 싶어 했는지 기억이 잘 나지는 않지만 이젠 정치가 나의 숙명으로 다가와 있다. 아니 숙명이 아니라 내가 만들어가야 하는 인생의 과제가 되었다.

내게 정치는 봉사다. 봉사하는 마음, 사랑하는 마음, 희생하는 마음이 진정한 정치인의 덕목이라고 생각한다. 어려움에 처해 있는 사람들을 내 부모, 내 형제, 내 자식처럼 도와주는 포근한 어머니 같은 리더가 바로 내가 꿈꾸는 정치인이다.

내가 정치인이 되면 봉사와 희생, 사랑, 섬김, 양보 등 알뜰살뜰한 마음을 살린 어머니 정치를 잘해보리라 다짐한다.

나의 정치철학은 사람간의 관계가 최우선이며, 그것이 곧 재산이라는 것이다. 좋은 관계를 유지하기 위해서는 많은 노력과 정성이 필요하며 처음부터 끝까지 변함없이 진실로 대하여야 한다.

어떤 상황에 처하더라도 '나 하나쯤이야.' 하는 안일한 생각을 버리고 '나 아니면 안 된다.'는 적극적인 사고를 가지고 임해야 한다는 게 나의 정치적 소신이며 생활관이다.

나는 우리 대전광역시당 여성위원들이 어려운 일에 처하면 진정으로 내 일이라는 생각을 가지고 최선을 다해 도와준다. 또 언제나 긍정적으로 좋은 모습만 보려고 노력한다. 그래서인지 내 곁에는 언제 봐도 자랑스러운 여성 정치 동료들이 많이 있다.

어렵고 힘든 행사를 끝내고 저녁에 집에 돌아왔을 때 내가 수고했다는 문자를 보내기도 전에 여성위원들에게서 종종 문자가 먼저 온다. "한 위원장님 덕분에 나이 먹어가면서 좋은 언니, 동생 만나 즐겁고 행복한 시간 보내고 있습니다. 정말 고맙습니다." 이 순간 모든 피로는 싹 가신다. 오히려 뿌듯함과 행복감이 밀려온다.

나는 다짐해본다. 이제는 우리 여성이 나설 때며, 내가 그 중심에 서겠다고. 그리고 나와 함께 정치의 길을 걷는 모든 분들을 실망시키거나 배신하는 일은 절대 없을 거라고.

미래를 향한 여성 정치

나의 생활철학은 사람이 우선이다. 사람간의 믿음과 신뢰를 굳건히 하기 위해서는 진실성이 담보되어야 한다. 진실한 마음이 없는 관계는 서로에게 상처만 있을 뿐이다.

모든 것에 만족하고 모든 것에 행복을 누리는 사람은 없다. 누구나 아픈 상처가 있고, 그 상처가 진행형인 사람도 많다.

상대의 아픔과 삶을 이해하지 않고 진실한 믿음을 얻을 수는 없다.

여성 동지들 중에도 아픈 사람들이 많다. 자식과 가족 때문에 아프고, 삶의 덜컹임 때문에 힘들어한다. 때로는 우리가 지키고자 하는 소중한 것들이 허망하게 사라져 아프다.

나는 여성 동지들에게 항상 이런 말을 한다. "우리는 봉사하는 사람들이기에 행복하다."고.

나 역시 행복하다. 어려운 봉사와 헌신의 행사를 무사히 마치고 귀가했을 때 찾아오는 행복은 말로 표현할 수 없을 정도이다.

정치 일선에 뛰어들고 난 뒤 귀한 사람들을 많이 만났다. 현재 같은 당에 몸담고 있는 사람도 있고, 작고한 사람도 있다. 그들과 함께 한 시간은 정치란 그 자체가 살아 있는 생명체라는 것을 깊숙이 각인시킬 수 있었기에 소중한 경험이었다.

사람들은 평상의 정치 활동을 소홀히 하는 경우가 많다. 선거철에만 열심히 활동하면 좋은 결과를 얻을 수 있다고 생각한다. 결과를 얻기 위한 희생도 오랜 기간의 자양분이 필요하다는 것을 간과하곤 한다.

누구나 동의하겠지만 선거의 결과는 평상시 정치 활동의 열매이다. 여성들은 특히 서로를 보살펴야 한다. 행사의 승패만

보는 것, 선거의 승패에만 몰입하는 것은 여성들을 실망시키고 떠나가게 할 수 있다.

현대사회에서 여성의 중요성을 논한다는 것은 더 이상 논쟁거리도, 강조할 점도 아니다. 진보와 보수, 좌와 우, 자유경제와 사회주의 등 차이를 인정하지 않아도 '여성이 정치의 주인'이라는 데는 이견이 없다.

여성이 정치를 하지 않으면 더 나은 세상을 위해 애써온 우리의 노력이 사라질 수 있다. 여성이 정치를 하지 않으면 우리 후손들의 미래는 없다. 여성이 정치의 중심에 서야 한다. 지금이 바로 그때다.

한영희

머드축제로 유명한 충남 보령에서 태어나 지금은
대전에서 살고 있습니다.
보험회사 육성실에서 근무한 경험을 바탕으로
국회의원 선거에서 여성 조직을 구성, 세 번의 선거를
승리로 이끌며 여성의 힘을 보여주었습니다.
대전 선진봉사회단장으로 봉사 활동을 꾸준히 하고 있는 그녀는
사회복지사이기도 합니다.
자유선진당 대전시당 여성위원장과 중앙위원을 맡고 있습니다.

문화 정신,
지금 대한민국이
필요로 하는 것

신동의

**나와 너의 차이를
인정한다**

대한민국의 '지금 여기'는 무엇을 필요로 하는가? 보편성과 특수성을 모두 내포한 '진정한 문화 정신'의 회복이다.

진정한 문화 정신을 이상적으로 구현하는 것은 바로 나와 너의 차이를 인정하는 '화해'의 정신을 발현하는 것에 있다. 자동차를 제대로 운전하기 위해서는 핸들을 좌우로 조정해야만 하는 것처럼, 우리 시대에도 좌와 우의 이념적 대립에 전력투구하는 소모적 양상은 이제 구태에 불과할 뿐이다. 서로 다른 나와

문화는 사회가 필요로 하는 일에 쉽게 다가갈 수 있는 다리가 된다. 2009년 봄 충북 에이즈예방협회 홍보 음악회 공연 후 지인들과 함께. (가운데 꽃다발을 든 사람이 필자)

너, 좌와 우가 함께 조화를 이루면서 어우러질 때, 이른바 미적 조화로움이 우리 사회에 꽃필 때 국가는 물론 그 국가에 속한 국민들의 풍요로운 '삶의 질'이 보장될 수 있다.

'화해'를 기반으로 한 진정한 문화 정신은 우리에게 최선의 생존 상태와 최선의 발전 상태를 담보할 수 있는 인류 최고의 이상이라 할 수 있다. 사람은 누구나 행복을 추구하며 만족한 삶을 살기를 원하고 그것을 추구한다. 문제는 행복과 만족을 외형적 기준에 맞추고 있다는 점이다. 진정한 삶의 질 완성은 마음의 평정을 구하고 내면의 진정한 자유를 얻음으로써 나와 타자를 열린 눈으로 보려는 열린 마음에 있다.

욕망을 조절하는
마음의 지혜가 필요하다

문제는 우리가 처해 있는 삶의 문제들이 표면에서는 해결될 수 없고, 오직 심층의 차원에서만 해결될 수 있다는 점에 있다. 배가 고픈 사람에게는 빵을 주는 것이 인륜이고, 그러한 인륜에 어긋나지 않는 토대를 제공하는 것이 국가와 사회가 담당하는 역할이다.

인간은 누구나 미래에 대한 꿈을 가지고 산다. 꿈을 가지고 산다는 것은 희망을 갖는다는 말과 통한다. 사람들이 금연을 하고 운동을 하는 것도 미래 자아를 배반하지 않으려는 기본적 욕망에서 비롯된다. 현재 자아와 미래 자아의 조화로운 일치가 예측될 수 있는 사회가 건강한 사회임은 두말할 필요가 없다.

더욱 심각한 문제는 모든 정치가들이 꿈과 희망에 대한 비전을 표면적 차원에서, 이른바 현란한 수사로 국민들을 기만하고 있다는 점이다. 우리에게 필요한 것은 심층적 차원에서 꿈과 희망에 대한 비전을 제시할 수 있는 그야말로 진정한 덕을 갖춘 리더이다. "덕이 있는 사람만이 하늘의 뜻을 받아들일 수 있다."는 말은 저절로 생긴 말이 아니다.

덕을 갖춘 진정한 리더는 물질적인 쾌락주의만이 지배하는 현대사회에서 공공의 원리에 대한 인식을 바탕으로 자기 자신과 자신이 속해 있는 국가와 사회에 대해 다시 생각할 줄 아는 '자율적 인간'의 출현을 도모하는 일에 최선을 다해야 한다. 다시 말해서 덕을 갖춘 리더는 국민들에게 문화와 사상의 올바른 만남이 왜 중요한지를 깨우칠 필요가 있다. 이런 맥락에서 미국의 사회학자인 다니엘 벨Daniel Bell은 자율적 인간의 출현은 다음과 같은 세 가지 측면에서의 노력에 의해 가능해지리라고 전망한다.

첫째, 우리의 과거를 새로이 긍정하는 일이다. 왜냐하면 과거로부터의 유산을 알아야만 후세에 대해 지고 있는 우리의 의무가 밝혀지기 때문이다.

둘째, 자원의 유한성을 인식하여 필요의 우선순위를 발견하는 일이다. 무제한의 욕망 대신 진정으로 필요한 것을 인식하는 일이다.

셋째, 모든 사람들에게 정의의 감각과 사회에의 귀속 의식을 부여하는 '공정'의 개념에 대한 합의를 만들어내는 일이다. 공정이란 사람들이 적절한 분야에서 더욱 평등해지고, 또 평등하게 다루어지게 되는 일이다.

과학 기술과 정보화의 시대로 일컬어지는 현대사회를 외형적 기준으로 보았을 때는 후기 산업사회라 할 수 있다. 그렇지만 거꾸로 사회의 구성원을 이루는 인간의 심성적 측면에서 사회를 본다면 욕망이 주도하는 사회라 할 수 있다.

인간들에게 있어서 욕망은 삶을 지탱하는 기본적 원동력이다. 건강한 인간의 욕망이 문화, 정치, 경제, 산업, 예술 등의 총체적 분야에서 이룩해놓은 문화와 문명의 찬란한 유산을 부정하자는 것이 아니다. 현대사회가 자본의 논리와 결합되면서 야기되는 인간의 이기적 욕망의 과잉이 문제라는 것이다. 그리스 신화의 미다스 왕의 이야기에서 볼 수 있는 것처럼, 욕망의 과잉은 결국 자신을 파멸시킨다.

사람보다 돈이 우선시되는 황금만능주의는 예전에는 볼 수 없었던 갖가지 현대사회의 병적 징후들을 우리들에게 보여주고 있다. 따라서 인격체로서의 목적적 인간은 외면되고 수단으로서의 기능적 인간만이 중요시되는 현대사회의 제반 문제를 풀기 위해서는 우선적으로 욕망의 조절이라는 문제에 관심을 가져야 한다.

욕망의 조절, 즉 욕망을 줄이고 만족할 줄 아는 마음의 지혜가 필요하고 그것을 실행할 수 있는 '실천'이 요구된다. 인간의 심성, 즉 마음에 대한 근본적 개혁이 필요한 것은 이 때문이다.

권위의 회복

대한민국의 '지금 여기'는 사회와 정치의 구조적인 여러 가지 요인들한반도의 비핵화, 통일 문제, 노사 대립의 문제, 비정규직 문제, 공교육과 사교육의 갈등, 좌우 이데올로기의 대립, 빈부 격차의 문제, 과열된 아파트 투기 등로 말미암아 그야말로 '위험 사회'의 수준에 있다.

이런 위험 사회를 극복할 수 있는 처방은 무엇인가? 이와 관련해서는 20세기 위대한 철학자 중의 한 사람으로 평가받는 비트겐슈타인L. Wittgenstein의 말을 귀담아 들을 필요가 있다.

"한 시대의 병은 인간들의 삶의 방식을 변경하는 것으로부터 치유된다. 그리고 그러한 문제들의 병은 한 개인에 의해 발명된 약에 의해서가 아니라, 변화된 사고방식과 삶의 방식에 의해서만 치유될 수 있었다. 이를테면 자동차의 사용은 그것이 어떤 질병들을 일으키거나 조장되고 있다는 것을 깨닫거나 인류가 그 어떤 원인이나 발달의 결과로, 차 타는 습관을 버리기 전까지는 그런 병에 전염되어 있다고 상상하라."

사회의 독소와 같은 위험 요소를 해소하기 위해서는 기본과 상식, 그리고 올바른 규칙 따르기가 존중받는 사회로 전환되어야 한다. 사고방식과 삶의 방식의 변화를 강조하는 것은 바로 이 때문이다.

초등학생들이 아무런 양심의 가책도 없이 그냥 아이스크림 포장지를 길거리에 버리는 한, 힘없는 주변의 친구들을 왕따시키는 우리의 현실을 부정할 수 없는 한, 일진을 꿈꾸는 폭력적인 아이들이 있는 한, 우리의 교육 현실은 분명히 문제가 있다. 교육은 국가의 기본 대계이며 국가의 미래를 책임지는 인적 자원을 육성하는 데 그 일차적 목적이 있다. 그럼에도 불구하고 우리의 교육 현실은 전혀 그렇지가 못하다. 불행이다. 교육을 생계의 수단으로 생각하는 교육자가 더 많은 현실로부터 양질의 교육을 기대한다는 것은 한마디로 어불성설이다. 기본과 상식이 통하는 사회야말로 우리가 원하는 건강한 사회이다.

'변화와 개혁'이라는 슬로건이 한국의 현대사를 이끌어온 화두임은 분명하다. 여기에는 정치, 경제, 사회, 문화, 예술, 교육 등의 각 분야에서 탈권위주의를 내세운 것과 무관하지 않다. 탈권위주의라는 흐름 속에서 단순한 정치적 권력의 선점을 향한 대립과 갈등이 정치에 대한 혐오와 무관심을 유발하고 국민들의 일상적 삶과는 무관한 가진 자의 '놀음'으로 비추어지고 있는 것도 파행적인 권위에 대한 도전이라 볼 수 있다.

이때 관건이 되는 것은 어떤 주장이 공감대를 형성하고 정당성을 인정받는 권위의 회복을 이끌 수 있느냐는 것이다. 특히 정치 분야에서 정당성을 인정받는 권위의 회복은 대한민국의 미래를 가늠할 수 있는 중요한 변수가 될 것이다.

음악, 문화로 풀어보는 정치

무릇 정치는 음악과 비슷하다. 좋은 음악은 화해와 조화에서 흐르는 것처럼, 교향악은 각각의 악기에서 연주되는 소리가 서로의 영역을 침범하지 않고 평화롭게 조화를 이룰 때 완벽해진다.

이처럼 좋은 정치는 다양한 국민들의 목소리를 조화롭게 반영할 수 있어야 한다. 예술가가 작품을 통해 자신을 '재현'시키

음악은 평화롭게 조화를 이룰 때 완벽해진다는 면에서 정치와 비슷하다.
1999년 서울오케스트라 초청 독창회 공연 장면.

는 것처럼, 정치가는 자신의 신념을 정치적 활동을 통해 '실현' 시킨다. 국민들로부터 신뢰를 받을 수 있는 진정한 권위와 품격 있는 정치의 활성화를 기대하는 것은 과거에서뿐만 아니라 오늘날에도 여전히 유효한 정치적 패러다임이라 할 수 있다. 미래의 삶을 투명하게 예측할 수 있는 비전 있는 정치야말로 우리에게 주어진 역사적 과제라 할 수 있다.

한 시대의 문화는 그 시대에 속한 국가와 민족, 그리고 다양한 개인들과 집단들의 특성을 알려주는 중요한 지표 역할을 한다. 문화는 이를테면 하나의 커다란 조직과 같다. 문화는 그것에 속하는 모든 사람들에게 자기 자리를 할당하여 거기에서 그 사람이 전체의 정신 속에서 일할 수 있도록 하며, 또 그 사람의 능력은 전체의 뜻 속에서 이룬 성과를 놓고 매우 정당하게 측정될 수 있다. 그렇지만 문화가 없는 시대에는 사람들이 가진 다양한 능력과 성과들이 올바르게 평가될 수 없다. 문화는 한 시대의 정신을 관통하는 일종의 패러다임과 같은 역할을 한다.

그렇다면 문화란 무엇인가? 엄밀히 말해서 문화라는 낱말은 일의적으로 정의하기가 무척 어려운 개념들 중 하나이다. 장자가 말한 것처럼, 소를 그냥 내버려두는 것은 자연인 반면, 일을 시키기 위해 인위적으로 소의 코에 뚜레를 뚫는 것은 문명이다.

　문화Culture를 서구의 어원상으로 보면, '경작하다, 기르다 Cultivate'는 뜻에서부터 출발한다. 이는 자연으로부터 무엇인가를 얻기 위해 기르고, 배양한다는 뜻과 통한다. 자연적으로 주어진 농작물의 씨앗을 뿌려 그 결실을 얻고자 하는 것이나, 어린아이에게 책을 읽혀서 생각하는 정신의 힘을 기르도록 학습하는 것도 모두 넓은 의미의 문화적 활동에 속한다고 할 수 있다.

　　문화를 좁은 의미의 차원에서 다루었을 때는, 일종의 지적·정신적·심미적 계발이라는 측면에서 일컬어 사용하였다. 이를 테면 위대한 철학자나 문학자, 혹은 예술가들의 영역에서만 문화라는 낱말이 적용될 수 있었다. 오늘날 문화는 '한 인간이나 시대, 또는 집단의 특정한 삶의 방식'을 포괄적으로 가리킨다. 이러한 문화의 정의는 앞에서 든 지적, 미적 요인뿐만 아니라 교육, 사회, 정치, 경제, 종교 등과 같은 영역도 다양하게 포괄할 수 있다.

　　이를테면 공교육과 사교육의 갈등과 같은 교육의 문제도 신자유주의 문제와 깊은 관련이 있다. 또한 신자유주의 문제는 개인의 자유를 추구하는 자유주의와 공동체의 이익을 우선하는 공동체주의와의 갈등 문제를 어떤 식으로 해소할 것인지를 생각해야만 한다. 이러한 갈등의 문제에는 궁극적으로 인간의 본성이 이기적인가 혹은 이타적인가 하는 물음과도 연관이 있다. 그만큼 우리에게 부과된 '삶의 양식'을 어떤 측면에서 보느냐에 따라서 당면한 문제에 대한 접근 방식이 다르고 해결 방식이 달라질 수 있다.

　　주지하다시피 21세기는 문화의 시대이다. 진정한 문화의 시대는 나와 타자사회구성원 간의 평등한 상호 인정과 상호 존중의 관계를 기반으로 해서 궁극적으로는 인간의 존엄성과 자기존

중이라는 덕목을 실현하는 데 그 목적이 있다. 이른바 포스트모던한 사회는 다양한 문화의 차이를 존중하는 다문화주의의 시대라 할 수 있다.

포스트모더니즘을 모더니즘으로부터의 '해체'나 '결별'로 보지 않고, '지속'으로 볼 때 현대의 '지금 여기'는 절대성과 상대성, 전체성과 개별성, 보편성과 특수성이 공존하는 곳이라 할 수 있다. 때문에 다문화주의는 어느 한 문화의 우월성에만 집착하지 않고, 모든 유형의 문화가 나름대로 존중받아야 함을 강조한다. 나와 타자가 더불어 올바른 삶의 양식을 공유할 적에 비로소 우리는 상생의 문화를 가질 수 있다. 문화의 힘이 강조되는 것은 바로 이 때문이다.

신동의

김유신장군의 탄생지인 충북 진천에서 자랐습니다.
성악을 전공한 성악가로 국내외에서 300회가 넘는 공연을 했고
현재 중앙대학교 예술대학원 강사로 활동하고 있습니다.
2007년 대통령 선거 때 정치에 입문했습니다.
앞으로 지방자치단체는 경쟁력을 높이기 위해
문화예술을 적극 활용하게 될 것이라고 믿고 있으며
문화예술을 통해 충북을 발전시켜나가는 방안을 마련하기 위해
고심하고 있습니다.

워킹맘 정치~~학

함영이

마음만 앞서는 엄마의 OTL굴욕

보통 엄마들과는 다르다는 것을 보여주고 싶다는 유치한 욕심 때문이었을까? 조선의 왕릉을 통해 아이들에게 역사 공부를 시키겠다는 야심찬 계획은 처음부터 삐거덕거렸다.

큰아이가 뱃속에 있을 때인 1991년 가을, 경기도 여주의 영릉을 찾았다가 세종대왕의 업적에 크게 감명 받았던 기억이 있기에 아이들에게 조선 왕릉만큼은 꼭 보여주고 싶었다. 국사 시간에 그토록 열심히 배웠지만 세종대왕에 대해 무덤덤했던 마음이 왕릉 초입에 있는 기념관에서 그 족적을 하나씩 짚어나가면서 엄청난 무게로 다가왔다. 백성을 사랑하는 마음과 천문, 산업, 국방은 물론 음악에 이르기까지 어느 것 하나 소홀하지 않은 그의 업적에 저절로 고개가 숙여졌다.

세종대왕과 같은 정치인이 있었다는 자부심에 후손인 내 어깨에도 힘이 들어감을 느꼈다. 여름방학 체험 학습으로도 '딱'이라는 판단 아래 휴가를 받자마자 첫 일정으로 여주의 영릉을 찾았다. 그런데 이게 웬일? 하필이면 영릉을 찾은 날이 월요일 정기 휴일이었다. 첫 번째 일정부터 아이들의 비난을 사며 어긋나기 시작했다.

시작이 조금 흔들렸지만 계획은 포기할 수 없었다. 조선의 왕릉은 궁궐로부터 80리 이내에 조성됐기 때문에 서울에서 방문하기 쉽다는 이점을 놓치지 않았다. 주말을 이용, 광릉에 이어 태릉까지 왕릉 탐방은 순조롭게 진행되는가 싶었다. 그러다가 경기도 구리에 있는 동구릉에 이르러서야 결정적인 문제가 있음을 알아챘다.

후덥지근한 날씨 탓에 걷는 것조차 짜증스런 여름날, 떼지어 다니는 벌레 때문에 아이들은 자지러졌다. 급기야 큰아이 입에서 "엄마, 왜 만날 무덤만 보러 다녀?"라는 볼멘소리가 나왔다. 그 순간, 아차 싶었다. 당시 큰딸이 초등학교 4학년, 둘째 딸이

3학년, 막내인 아들은 유치원에 다니고 있었다. 왕릉을 통한 역사 공부는 아이들에게는 버거운 주제였던 것이다.

아이들의 눈높이를 맞추지 못한 엄마의 굴욕은 이때만이 아니었다. 박물관과 미술관을 중심으로 아이들을 데리고 다닐 때다. 고향 강릉에 있었던 드라마박물관을 비롯해 성곡미술관, 옹기박물관 등을 다양하게 보여주며 나름 만족하고 있었다. 잔뜩 기대를 하면서 "이번 여행에서 어느 곳이 가장 좋았느냐?"고 물어봤다. 둘째 딸이 대답했다. "고속도로 휴게소."라고. 먹고 싶은 음식을 골라 먹을 수 있다는 것이 이유였다. 옛 사람들이 쓰던 신기한 그릇이나 화가들의 멋진 그림에 대한 답을 기다렸던 엄마의 기대는 보기 좋게 무너졌다.

막내인 아들에게도 보기 좋게 한 방 먹었다. 영어 공부에 도움을 주고자 영어 회화를 통해 선교 활동을 하는 선교사를 초대했을 때다. 아이가 유치원에서 원어민 교사와 공부해왔던 터라 조금은 기대를 하고 있었는데 '역시나' 였다.

선교사가 아들을 향해 "What's your name?" 이라고 물어보기에 이름이 뭐냐고 묻는다고 알려줬더니 아들은 이렇게 대답했다. "전 영어로는 이름이 없는데요."

대한민국이
워킹맘을 알아?

아이 셋.

일하는 엄마에겐 결코 쉽지 않은 존재이다. 시어머니의 배려가 없었다면 처음부터 불가능한 일이었다. 그래도 이런 일들은 아쉬움의 연속이었다. 참담하기까지 했다. 아이들과의 눈높이를 맞춰가는 연습은 그후로도 오랫동안 계속되었지만 솔직하게 고백하건대 지금도 어렵다. 아이들끼리 모여 낄낄대며 웃을 때 끼어들면 아이들 말로 뻘쭘해질 뿐이다.

아이들과의 눈높이 맞추기는 그들과 얼마나 많은 시간을 함께 하느냐에 달려 있을 터. 서울살이는 그러나 칼퇴근을 해도 집에 오면 저녁 여덟 시가 넘는다. 한 시간은 기본으로 걸리는 통근에 녹초가 된 몸은 아이들을 챙기기는커녕 머리를 기댈 곳만 있으면 졸기 바빴다.

이런 엄마를 이해라도 하듯 첫째인 큰딸은 초등학교 때부터 혼자서도 척척 준비를 잘 해갔다. 첫 아이였던 탓에 나름 긴장을 하고 준비물을 챙기기도 했지만 그리 오래가지 않았다. 어쩌다 참관 학습이라도 가면 어깨가 으쓱해질 정도로 잘 적응하고 있는 딸에 대한 선생님들의 칭찬을 들으며 '역시, 아이들은 스스로 크는 거야.'라고 위안을 했다. 이 자만심은 둘째와 막내의 부침으로 와르르 무너졌다.

큰딸과 영 딴판인 둘째는 언니와 단순 비교를 하는 것 자체가 무리였다. 준비물은 그럭저럭 챙겼으나 숙제는 가끔씩 못 해가는 듯 밤늦게 걱정하는 모습을 보이곤 했다.

제대로 챙겨주지 못한다는 죄책감도 있었지만 초등학생이 한밤중에 숙제하느라 잠을 못 자는 것도 그리 좋은 일은 아니라는 생각이 들어 "숙제하는 대신 선생님께 혼나고 말지 그래." 라며 말도 되지 않는 제안을 했다.

그랬더니 돌아온 답은 "선생님께서 서 있으라고 하실 텐데." 였다. "서 있는 것은 별로 힘들지도 않잖아?" 라고 반문하자 "그렇긴 한데 소변 마려울 때는 너무 참기 힘들어." 란다.

이미 오랫동안 숙제를 해가지 않아 선생님한테 혼나고 있는 딸한테 그래도 된다는 식의 말을 했으니 모든 것은 엄마의 불찰일 뿐이었다.

막내인 아들은 숙제는 물론 준비물도 챙기지 못했다. 어느 비 오는 토요일, 우산을 들고 학교를 찾았을 때 '준비물 가져오지 않은 사람' 명단에 아들 이름이 올라와 있었다. 모처럼 토요일이라고 가방을 살펴보다가 쓸데없이 가져가는 것 같은 일기장을 빼버린 엄마 때문이었다. 진짜 도움이 되지 않는 엄마였다. 그 해 아들의 담임선생님은 준비물을 가져왔는지 아닌지를 철저하게 챙기는 듯했다. 일기장에는 "너 때문에 짜증스럽다."

는 선생님의 말씀에 상처 입은 아들의 원망 섞인 글도 눈에 띄었다. 선생님과 부딪치기 싫었던 아들은 학교에서 엎드려 자기까지 했다.

아마 그때가 최악이었던 것 같다. 신문사에 몸담고 있던 시절이라 마감 때문에 야근을 밥 먹듯 하던 때였다. 아들이 학교에서 겪을 고초를 어찌하지 못했다. '우리 때 선생님들은 나머지 공부를 시켜서라도 부족한 학습을 시켜주곤 하셨는데 요즘 선생님들은 학부모들한테 떠넘기기만 하는 건가?' 하는 시대착오형 불만만 싹틀 뿐이었다.

비슷한 경험을 가진 친구들에게 자문을 구하자 "뭐라도 사들고 학교에 찾아가서 선생님과 잘 얘기하라."는 충고를 했다.

하지만 그러고 싶지는 않았다. 비록 챙겨주지는 못했지만 아이 스스로가 부대끼면서 깨닫는 때가 올 것이라고 믿었다. 자기 합리화였지만 그렇게 믿고 싶었다.

그런 믿음에 또 한 번의 큰 상처를 입은 것은 입시 학원에서였다.

"직장 다니시는 어머님들, 자녀들 좋은 대학 보내시려면 지금 당장 사표 쓰십시오. 요즘은 엄마가 얼마나 지원했느냐에 따라 자녀들의 대학이 결정됩니다."

순간 확 올라오는 무언가를 느꼈다. 엄마들의 목표는 자녀들 대학 진학이라는 얘기인가? 그러나 이내 고개를 저었다. 나 역시 아이들 대학 진학 때문에 학원을 찾았으니까. 하지만 찜찜했다. 워킹맘, 일하는 엄마에 대한 한국 사회의 인식이 이 정도라는 현실이 슬펐다.

아이들 문제가 점점 버거워질 때 직장 문제 또한 힘들어졌다. 아이들에게 시간을 빼앗겨서라기보다 직장 문제는 그 자체의 문제였다. 불만을 토로하던 자리에서 불만을 해결해야 하는 자리로 이동하자 목표를 제대로 세우지도 않고 계획도 세분화시키지 않은 채 바쁘기만 한 일터는 갈등의 기폭제가 됐다.

다른 사람들, 특히 후배들을 위해 양보하고 배려했던 것들까지 모두 짐이 되어 돌아왔다. '좌표가 없는 선행'의 결과가 어떤 것인지를 뼈저리게 감수해야 했다. 두 마리 토끼를 잡으려다 모두 놓치게 되었다는 자괴감이 엄습해왔다. 양 손에 빵을 쥐고 있으면 하나도 제대로 먹기 힘든 것일까?

주위를 둘러보았다. 선배며 후배들의 고민은 비슷했다.

"아이들 방목하면 잘 큰다고? 너 나중에 큰코다친다."

"직장에서 동료들에게 잘해준다는 것이 의미가 있니? 모두 자기 이익이 우선이라는 것을 알아야지."

'정치'라는 코드에 실마리가 있었다

고민 속에서 얻은 해답의 실마리는 '정치'라는 두 글자였다. 사람에 대한 평가는 자신의 지위와 처한 위치에 따라 다르기 마련이다. 누군가 특정인을 평가한다면 그 사람과 특정인의 관계부터 파악해야만 진실을 알 수 있는 것이다. 인간성이 좋다고 사람들이 모두 따르는 것 또한 아니다.

아이들과의 관계에서도 그렇듯이 지위가 높아지고 책임이 따르는 자리에 있을 때 발휘해야 할 리더십은 '정치'라는 코드에서 찾을 수 있다. 스스로를 다스리는 것은 물론 타인과의 관계를 맺는 법이나 소통은 상당 부분 정치적으로 해결해야 할 일들이니까.

정치라는 코드를 찾아내고 그 갈피를 찾을 때 앞서간 여성들, 특히 지방 여성 정치인들의 족적이 눈에 들어왔다. 생활 정치라고 불리는 지방 정치는 여성들이 활동해야 할 터전이다. 항상 불만의 눈으로 바라봤던 마을의 각종 시설이나 서비스 개선은 지방 정치인들의 손에 달려 있다는 것도 깨달을 수 있었다.

"공원은 불량 청소년들의 온상이었습니다. 공원지대가 높고 어두워 사람들의 눈길이 닿지 않았기 때문이지요. 지대를 낮추고 가로등을 밝게 하자 멋진 공원이 되었습니다."

아파트 부녀회장 출신으로 구의원을 지낸 한 여성은 조그만 관심에서 시작하여 지역 문제를 하나씩 해결해나갔다.

그녀의 방법은 독특했다. 매일 자신의 선거구를 순회하였던 것. 자동차운전면허증이 없는 그녀는 평생 사고 한 번 없었던 '걸음마법(?)'으로 선거구를 점검했다. 우중충하기만 했던 경로당을 밝은 디자인으로 바꾸자 경로당 가는 것을 꺼렸던 노인들도 열심히 출입했다. 어느 곳에서나 문제가 되는 주차장은 생각하지 못한 공간에 숨어 있는 공터를 찾아 활용했다.

그녀가 이처럼 발군의 실력을 발휘할 수 있었던 저력은 아파트 부녀회 활동에서 나왔다.

"아파트 주민들이 바로 유권자입니다. 저는 아파트 주민이고요. 제 눈이 바로 유권자의 눈이기에 눈높이를 맞추는 것은 그리 어렵지 않았습니다."

자신의 눈높이가 곧 정치의 눈높이임은 워킹맘 의원들이 특히 공감하는 바였다. 매우 중요하지만 항상 간과됐던 보육 문제나 학교를 둘러싼 이슈가 여성의원들이 늘어나면서 주요 주제로 올라오기 시작했다.

소수의 여성 정치인들이 남성들의 동의를 얻을 수 있었던 비결은 '비전'이었다. 여성의원들의 제안대로 움직이면 뭔가 나아지는 것이 있음을 확인시켰기에 가능했다.

아이들에게도 그렇고 가족들의 합의를 이끌어낼 때도 공감하는 비전이 필요하다. 아무리 좋은 비전도 공감대를 얻어야만 빛을 발하는 법. 그 공감대를 얻는 과정이 바로 정치였다.

프로, 균형 그리고 표현

워킹맘으로서의 위치를 다시 점검하고 여성 정치인들의 족적을 살피면서 얻은 첫 번째 깨달음은 프로의식이었다. 소수라는 한계 앞에서도 주눅 들지 않고 소신껏 일을 하는 그들이 빛나는 이유를 '프로'라는 단어에서 찾을 수 있었다. 지난 시간의 내 부침 역시 프로의식이 부족했기 때문이었다. 둘러댈 빌미에 기대어 최선을 다하지 않은 결과였다. 이를 깨닫자 늘 어깨를 짓누르던 곰 한 마리를 내려놓는 기분이었다. 바쁘다는 것이 단지 분주한 데에서 그쳐버리면 그만큼의 시간 낭비일 뿐이라는 것도 알았다.

두 번째는 균형이었다. 워킹과 맘은 워킹맘에게는 늘 따라다니는 고민. 한국 남자들 대부분은 맞벌이는 당연하게 받아들이면서도 집안에서의 일을 나누는 맞살림은 외면한다. 학교를 찾는 대부분의 학부모가 엄마인 것 또한 현실이다.

결론은 가정에서는 아이들과 함께 하고 직장에서는 회사 일

사회의 변화가 가정에까지 이르려면 시간이 걸린다. 대표적인 예가 살림과 교육이다. 이런 현실을 소개한 필자의 저서 『3040 워킹맘 어디로 튈 것인가』가 포털 사이트 네이버 책 코너 메인에 소개됐다.

을 해야 한다는 쉬운 깨달음이었다. 쉽지만 이 또한 현실적으로는 어렵다. 하지만 하루에 주어지는 여덟 시간의 노동시간을 요령껏 활용한다면 야근을 하고 집에까지 회사 일을 가져오지 않아도 된다.

문제는 직장이라는 공동체가 한 사람만의 노력으로 해결되지 않는다는 데 있다. 수없이 많은 인터뷰에 자랑스럽게 등장하는 "새벽부터 밤까지 직장 일에 매달렸다."는 말과 의식을 바꾸어야 했다. 가끔 기업이나 대학생을 상대로 혹은 사회단체에서 특강을 하게 되면 나는 시간을 효율적으로 나누어서 근무

시간 안에 해야 할 일을 무조건 마치라고 강조한다. 나 또한 한국의 직장 문화를 탓하기에 앞서 그런 문화를 바꾸기 위해 할 수 있는 일은 하기로 했다.

직장 동료들의 말에 귀 기울이듯이 아이들의 말을 들어주기로 했다. 학교에서 있었던 일, 친구들 사이에서 일어난 일들을 들어주기만 해도 아이들과의 공감대를 이룰 수 있었다. 듣는 시늉에만 그치고 내 입장에서만 판단하려 했던 아집을 놓아야 함은 두말할 나위가 없다.

세 번째는 적절한 표현이었다. 내 일이 곧 사회문제라는 것이다. 내 진심을 언젠가는 동료들이나 아이들이 알아줄 것이라고? 천만의 말씀이다. 사람들 대부분은 자기 입장에서 상대방을 이해하고 받아들인다.

프로 의식을 갖고 균형 감각을 키우고 적절하게 자신의 상황을 표현하는 것, 이 또한 정치적인 방법을 필요로 한다.

여성 인력은 물론 워킹맘은 한국 사회가 제대로 활용한다면 엄청난 부가가치를 창출할 수 있는 잠재력이다. 여전히 50% 선에 그치는 한국 여성의 경제활동 참여인구는 절반의 실패를 반증한다. 절반의 실패 덕분에 소수의 입장에서 자신들의 한계가 무엇인지를 맛보고 아파하는 워킹맘들이기에 더 나은 세상을 만들어갈 수 있는 저력이 있다고 믿는다.

시대는 여성 정치를
원한다

2009년 봄 〈시티홀〉이라는 드라마가 쏠쏠한 인기를 얻으며 여성들에게 정치를 향한 출입구를 안내해줬다. 인주시청 10급 공무원에서 시장이 된 주인공 신미래의 도전은 부당함에 대한 항의가 발단이 되었다. 카드빚을 갚기 위해 출전했던 '밴댕이 아가씨 대회'에서 1등을 차지하고도 상금을 받지 못하자 1인 시위를 벌인 것. 드라마에서 인주시장은 신미래에게 주어야 할 상금을 이 지역구 국회의원의 선거 자금으로 써버렸다. 어처구니없지만 현실 정치에서 어렵지 않게 볼 수 있는 부정행위이다.

그녀의 1인 시위는 인터넷을 타고 시민들 사이로 전파, 부정을 저지른 시장은 쫓겨나고 신미래는 보궐선거를 통해 시장이 된다.

커피를 타는 것이 주된 업무였던 주인공은 정치를 간단하게 풀어낸다. 못사는 사람 잘살게, 잘사는 사람 좀더 베풀게 하는 것이 정치라고. 거품이 많은 커피는 양이 적으며, 많은 사람들이 좋아한다고 꼭 좋은 커피는 아니라는 말로 현 정치를 꼬집기도 한다.

드라마에서 시장이 된 그녀는 시립병원을 건설하고 유해성 폐기물 처리장이 들어오는 것을 막기 위해 시장 직을 거는 등

여성 대통령을 주제로 한 심포지엄에서
발표를 하는 필자.

철저하게 시민 편에 선다. 정치가 거창한 것이 아니라는 것을 강조하면서 신미래는 여성들에게 정치를 만만하게 보도록 벽을 허물고 자신감을 던져줬다. 때로는 자신을 지켜줄 수 있는 가장 큰 힘이 정치라는 것도 일깨워주었다.

"외동아이로 부모님 사랑을 독차지하는 친구들도 많은데 너희한테 너무 미안하다. 셋이니까 잘해주기도 힘드네." 가끔 외동아이를 키우는 친구들을 만나 얘기하다 보면 아이를 위해 지극정성을 다하는 모습에 위축되곤 한다. 그런 고민을 얘기했더니 둘째 딸이 이렇게 답했다. "엄마, 너무 걱정하지 마. 우리가

셋이기 때문에 얻는 것도 많아. 남들은 만들 수 없는 우리끼리
의 공동체 같은 것도 있고.”

그렇다. 대한민국 엄마들이 물불 가리지 않고 뛰어드는 자녀
교육도 신미래의 커피관을 대입하면 간단하다. 거품이 많은 커
피는 양이 적고 사람들이 좋아한다고 다 좋은 커피는 아니다.
누군가 아이들 교육 때문에 일을 포기한다고 하면 이렇게 얘
기하고 싶다. 일을 포기하는 대신 사회를 변화시키라고. 워킹맘
들이 살기 좋은 사회, ‘워킹맘 정치~~학’의 첫 페이지다.

함영이

바다와 호수를 보며 커피 한 잔을 나누고 싶은 도시,
강릉이 고향입니다. 강원도에서 기자생활을 시작했고
우먼타임스 편집국장, 한국여성정치연구소장을 거쳐
현재 자유선진당 여성국장으로 일하고 있습니다.
“워킹맘이 즐거워야 대한민국이 행복하다.”고 믿고 있으며
그 열쇠는 여성의 정치 참여라고 강조하고 있습니다.

여성이 정치에 나서야…

— 자유선진당 여성국

여풍은 허풍

여풍.

여성들의 활약상을 보도하는 언론들이 자주 쓰는 말이다. 각종 고시 합격률을 비롯, 금녀의 벽을 허물어가는 여성들을 일컫는 이 말은 그러나 여성 문제가 거의 해결되었다는 착각을 일으켜 여성들에게 걸림돌이 되곤 한다.

한국 여성들의 여풍은 UN을 비롯한 국제기구가 평가하는 각종 여성 지위 순위가 발표될 때마다 '허풍'이었음이 드러난다. 대표적인 지표가 유엔개발계획UNDP이 매년 발표하는 여성권한척도GEM : Gender Empowerment Measure.

　여성들의 의사결정능력과 권한 등 실질적인 영향력을 중심
으로 평가하는 이들 지표에서 한국 여성들의 순위가 바닥인 가
장 큰 이유는 정치와 행정의 영역에서 대표성이 떨어지기 때문
이다. 바닥 수준인 한국 여성의 지위를 향상시키는 지름길은
정치 참여. 높은 교육열과 각 분야에서 여성들이 두각을 나타
내고 있는 만큼 여성들의 미래가 어둡지만은 않다. 한국 여성
의 현재를 점검하면서 알고 보면 쉬운 정치 참여를 알아본다.

한국 여성의 객관적인 지위

여성권한척도

　유엔개발계획이 1995년부터 매년 발표하는 인간개발보고서
에 나오는 여성권한척도는 남성과 비교해서 여성이 정치, 경제,
행정 영역에서 얼마만큼 권한을 행사하고 있는지를 측정한다.
　권한을 행사하려면 정책을 결정하는 위치에 있는 여성 비율
이 중요하다. 때문에 여성권한척도는 여성 국회의원 비율과 여
성 행정관리직 비율, 여성 전문기술직 비율, 남녀 소득비 등이
주요 지표가 된다.

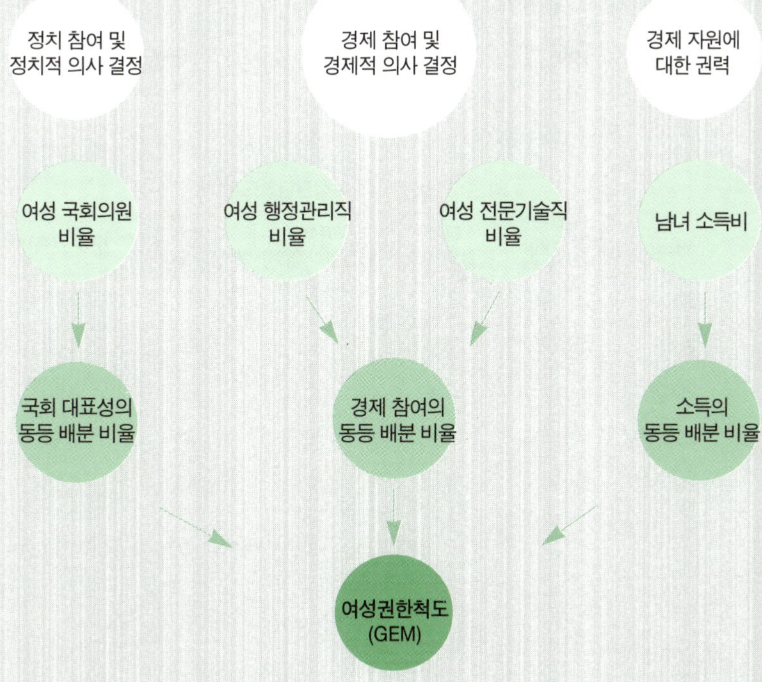

'2009년 여성권한척도GEM'에서 우리나라는 조사 대상 109 개국 중 61위를 차지했다. 이는 최근 3년 중 가장 높은 성적이지만 여전히 하위 수준이다.

그나마 순위가 올라갈 수 있었던 것은 여성 국회의원 비율과 여성 행정관리직 비율이 소폭 상승한 덕분이다.

　여성권한척도의 세계 순위를 보면 우리나라 여성들의 지위
가 한국 경제의 규모와는 달리 뒤처져 있음을 알 수 있다. 우리
나라보다 뒤에 있는 나라들은 대부분 아랍 국가들임을 명심해
야 한다.

▶ 최근 5년간 한국의 여성권한척도 변화

연도	순위 / 대상	여성 국회의원 (%)	여성 행정관리직(%)	여성 전문기술직(%)	남녀 소득비
2009	61/109	14	9	40	0.52
2008	68/108	13.7	8	40	0.52
2007	64/93	13.4	8	39	0.40
2006	53/75	13.4	7	38	0.46
2005	59/80	13	6	39	0.48

Human Development Report 2005~2009 **자료**

▶ 2009 세계여성권한척도 순위

순위	국가	여성 국회의원(%)	여성 행정 관리직(%)	여성 전문 기술직(%)	남녀 소득비
1	스웨덴	47	32	51	0.67
2	노르웨이	36	31	51	0.77
3	핀란드	42	29	55	0.73
4	덴마크	38	28	52	0.74
5	네덜란드	39	28	50	0.67
6	벨기에	36	32	49	0.64
7	오스트레일리아	30	37	57	0.7
8	아이슬란드	33	30	56	0.62
9	독일	31	38	50	0.59
10	뉴질랜드	34	40	54	0.69
11	에스파냐	34	32	49	0.52
12	캐나다	25	37	56	0.65
13	스위스	27	30	46	0.62
14	트리니다드토바고	33	43	53	0.55
15	영국	20	34	47	0.67
16	싱가포르	24	31	45	0.53
17	프랑스	20	38	48	0.61
18	미국	17	43	56	0.62
19	포르투갈	28	32	51	0.6
20	오스트리아	27	27	48	0.4
21	이탈리아	20	34	47	0.49
22	아일랜드	15	31	53	0.56
23	이스라엘	18	30	52	0.64
24	아르헨티나	40	23	54	0.51
25	아랍에미리트	23	10	21	0.27
26	남아프리카공화국	34	34	55	0.6
27	코스타리카	37	27	43	0.46
28	그리스	15	28	49	0.51
29	쿠바	43	31	60	0.49
30	에스토니아	21	34	69	0.65
31	체코	16	29	53	0.57
32	슬로바키아	19	31	58	0.58
33	라트비아	20	41	66	0.67
34	슬로베니아	10	34	56	0.61
35	마케도니아	28	29	53	0.49
36	페루	29	29	47	0.59
37	바베이도스	14	43	52	0.65

38	폴란드	18	36	60	0.59
39	멕시코	22	31	42	0.42
40	리투아니아	18	38	70	0.7
41	에콰도르	28	28	49	0.51
42	세르비아	22	35	55	0.59
43	나미비아	27	36	52	0.63
44	크로아티아	21	21	51	0.67
45	불가리아	22	31	61	0.68
46	바레인	14	13	19	0.51
47	파나마	17	44	52	0.58
48	키프로스	14	15	48	0.58
49	우간다	31	33	35	0.69
50	레소토	26	52	58	0.73
51	세인트루시아	17	52	56	0.5
52	헝가리	11	35	60	0.75
53	가이아나	30	25	59	0.41
54	온두라스	23	41	52	0.34
55	베네수엘라	19	27	61	0.48
56	키르기스스탄	26	35	62	0.55
57	일본	12	9	46	0.45
58	수리남	25	28	23	0.44
59	필리핀	20	57	63	0.58
60	러시아	11	39	64	0.64
61	대한민국	14	9	40	0.52
62	베트남	26	22	51	0.69
63	우루과이	12	40	53	0.55
64	도미니카공화국	17	31	51	0.59
65	보츠와나	11	33	51	0.58
66	몰도바	22	40	68	0.73
67	니카라과	18	41	51	0.34
68	말레이시아	15	23	41	0.42
69	탄자니아	30	16	38	0.74
70	엘살바도르	19	29	48	0.46
71	모리셔스	17	20	45	0.42
72	중국	21	17	52	0.68
73	카자흐스탄	12	38	67	0.68
74	몰타	9	19	41	0.45
75	칠레	13	23	50	0.42
76	타이	13	30	53	0.63
77	루마니아	10	28	56	0.68
78	볼리비아	15	36	40	0.61
79	파라과이	14	35	50	0.64

부록

80	콜롬비아	10	38	50	0.71
81	벨리즈	11	41	50	0.43
82	브라질	9	35	53	0.6
83	네팔	33	14	20	0.61
84	몬테네그로	11	20	60	0.58
85	에티오피아	21	16	33	0.67
86	우크라이나	8	39	64	0.59
87	오만	9	9	33	0.23
88	카타르	0	7	25	0.28
89	사모아	8	29	39	0.4
90	몰디브	12	14	49	0.54
91	캄보디아	16	14	41	0.68
92	잠비아	15	19	31	0.56
93	아르메니아	8	24	65	0.57
94	몽골	4	48	54	0.87
95	그루지야	6	34	62	0.38
96	인도네시아	12	14	48	0.44
97	마다가스카르	9	22	43	0.71
98	스리랑카	6	24	46	0.56
99	파키스탄	21	3	25	0.18
100	아제르바이잔	11	5	53	0.44
101	터키	9	8	33	0.26
102	통가	3	27	43	0.57
103	이란	3	13	34	0.32
104	모로코	6	12	35	0.24
105	알제리	6	5	35	0.36
106	사우디아라비아	0	10	29	0.16
107	이집트	4	11	32	0.27
108	방글라데시	6	10	22	0.51
109	예멘	1	4	15	0.25

Human Development Report 2009 **자료**

성격차지수

세계경제포럼WEF이 발표한 성격차지수GGI : Gender Gap Index는 남녀간의 불평등 상황을 계량화해 완전 평등을 1점, 불평등을 0점으로 표시하여 전 세계 국가의 성 격차 정도를 비교하기 위해 만들어졌다. GEM이 여성의 정치, 경제, 행정 부분을 분석하여 비교한 것이라면 GGI는 여성의 교육, 보건, 고용, 정치 부분을 분석하여 비교한 값이다.

2009 세계성격차보고서에 따르면 한국의 올해 성 평등 순위는 전체 134개국 중 115위0.6146로 최하위권이다. 한국은 경제 참여와 기회 부분에서 113위0.5204, 교육적 성취 부분에서 109위0.8936, 건강과 생존 부분에서 80위0.9730, 정치 권한 부분에서 104위0.0714로 특히 정치 권한 부분에서 남녀 격차가 큰 것을 알 수 있다.

▶ 2009 성격차지수 순위

순위	국가	경제 참여와 기회		교육적 성취		건강과 생존		정치 권한	
		순위	점수	순위	점수	순위	점수	순위	점수
1	아이슬란드	16	0.7502	1	1.0000	101	0.9697	1	0.5905
2	핀란드	15	0.7504	1	1.0000	1	0.9796	2	0.5709
3	노르웨이	8	0.7793	26	1.0000	56	0.9787	3	0.5330
4	스웨덴	6	0.7851	39	0.9977	79	0.9735	4	0.4994
5	뉴질랜드	7	0.7842	1	1.0000	72	0.9745	7	0.3934
6	남아프리카공화국	61	0.6630	43	0.9961	70	0.9754	5	0.4492
7	덴마크	20	0.7477	1	1.0000	102	0.9696	11	0.3340
8	아일랜드	43	0.6918	1	1.0000	86	0.9727	8	0.3742
9	필리핀	11	0.7604	1	1.0000	1	0.9796	19	0.2915
10	레소토	4	0.8013	1	1.0000	1	0.9796	34	0.2173
11	네덜란드	49	0.6851	51	0.9950	75	0.9743	10	0.3415
12	독일	37	0.6956	49	0.9953	60	0.9783	13	0.3105
13	스위스	48	0.6854	88	0.9792	59	0.9784	12	0.3273
14	라트비아	14	0.7535	1	1.0000	1	0.9796	31	0.2332
15	영국	35	0.7064	1	1.0000	72	0.9745	22	0.2801
16	스리랑카	100	0.5734	68	0.9916	1	0.9796	6	0.4164
17	에스파냐	91	0.6017	56	0.9945	80	0.9730	9	0.3688
18	프랑스	62	0.6591	1	1.0000	1	0.9796	16	0.2939
19	트리니다드토바고	44	0.6915	58	0.9937	1	0.9796	27	0.2547
20	오스트레일리아	19	0.7477	1	1.0000	78	0.9737	39	0.1915
21	바베이도스	5	0.7854	1	1.0000	1	0.9796	67	0.1295
22	몽골	1	0.8334	1	1.0000	1	0.9796	100	0.0752
23	에콰도르	78	0.6302	45	0.9955	1	0.9796	21	0.2826
24	아르헨티나	90	0.6029	57	0.9941	1	0.9796	14	0.3077
25	캐나다	10	0.7641	38	0.9977	60	0.9783	62	0.1383
26	모잠비크	3	0.8133	126	0.7818	62	0.9782	15	0.3047
27	코스타리카	85	0.6136	48	0.9954	1	0.9796	20	0.2833
28	바하마	2	0.8264	1	1.0000	1	0.9796	109	0.0655
29	쿠바	89	0.6034	1	1.0000	74	0.9745	18	0.2926
30	리투아니아	18	0.7481	54	0.9946	41	0.9791	54	0.1483
31	미국	17	0.7501	1	1.0000	40	0.9795	61	0.1398
32	나미비아	32	0.7201	85	0.9820	108	0.9683	38	0.1964
33	벨기에	65	0.6530	71	0.9910	55	0.9789	29	0.2431
34	벨라루스	29	0.7256	75	0.9901	41	0.9791	46	0.1615
35	가이아나	86	0.6134	41	0.9969	1	0.9796	28	0.2535
36	몰도바	26	0.7323	63	0.9929	41	0.9791	64	0.1372

37	에스토니아	36	0.7050	37	0.9979	41	0.9791	50	0.1555
38	불가리아	40	0.6935	66	0.9921	41	0.9791	42	0.1641
39	보츠와나	22	0.7420	27	0.9999	124	0.9527	66	0.1338
40	우간다	28	0.7256	111	0.8920	69	0.9758	30	0.2333
41	키르기스스탄	46	0.6866	59	0.9936	1	0.9796	43	0.1636
42	오스트리아	103	0.5701	78	0.9886	1	0.9796	23	0.2744
43	파나마	51	0.6831	52	0.9949	1	0.9796	52	0.1522
44	페루	77	0.6350	89	0.9785	91	0.9714	33	0.2246
45	이스라엘	41	0.6930	50	0.9950	98	0.9699	53	0.1496
46	포르투갈	53	0.6814	76	0.9895	80	0.9730	47	0.1613
47	카자흐스탄	12	0.7566	42	0.9962	41	0.9791	102	0.0731
48	자메이카	21	0.7429	1	1.0000	96	0.9707	93	0.0913
49	니카라과	105	0.5626	1	1.0000	65	0.9765	25	0.2616
50	폴란드	72	0.6426	33	0.9989	41	0.9791	40	0.1784
51	러시아	24	0.7400	29	0.9992	41	0.9791	99	0.0764
52	슬로베니아	31	0.7211	36	0.9980	80	0.9730	87	0.1005
53	마케도니아	60	0.6656	79	0.9883	115	0.9635	44	0.1626
54	크로아티아	70	0.6458	55	0.9946	41	0.9791	49	0.1579
55	엘살바도르	99	0.5787	81	0.9875	1	0.9796	32	0.2300
56	콜롬비아	39	0.6940	28	0.9996	1	0.9796	84	0.1026
57	우루과이	63	0.6535	1	1.0000	1	0.9796	58	0.1415
58	우즈베키스탄	9	0.7687	100	0.9406	64	0.9766	97	0.0794
59	타이	30	0.7216	62	0.9933	1	0.9796	105	0.0685
60	중국	38	0.6955	87	0.9797	130	0.9467	60	0.1408
61	우크라이나	33	0.7200	31	0.9991	41	0.9791	117	0.0602
62	온두라스	88	0.6048	1	1.0000	1	0.9796	41	0.1727
63	룩셈부르크	74	0.6381	1	1.0000	80	0.9730	57	0.1444
64	칠레	112	0.5213	44	0.9961	1	0.9796	26	0.2566
65	헝가리	56	0.6738	64	0.9924	41	0.9791	81	0.1061
66	파라과이	59	0.6688	40	0.9970	1	0.9796	85	0.1019
67	도미니카공화국	68	0.6470	1	1.0000	1	0.9796	73	0.1172
68	슬로바키아	69	0.6464	1	1.0000	1	0.9796	75	0.1121
69	베네수엘라	81	0.6190	34	0.9988	1	0.9796	63	0.1382
70	루마니아	34	0.7121	70	0.9911	41	0.9791	126	0.0399
71	베트남	25	0.7349	108	0.8974	97	0.9700	72	0.1184
72	이탈리아	96	0.5898	46	0.9955	88	0.9719	45	0.1619
73	탄자니아	52	0.6824	115	0.8679	105	0.9688	37	0.1998
74	체코	71	0.6443	1	1.0000	41	0.9791	91	0.0921
75	일본	54	0.6782	84	0.9851	41	0.9791	110	0.0651
76	감비아	23	0.7412	119	0.8528	1	0.9796	68	0.1272
77	말라위	42	0.6925	113	0.8828	116	0.9612	48	0.1586

부록

78	마다가스카르	45	0.6876	98	0.9584	1	0.9796	108	0.0675
79	수리남	102	0.5714	74	0.9904	80	0.9730	51	0.1555
80	키프로스	83	0.6168	61	0.9933	114	0.9657	80	0.1066
81	가나	13	0.7548	112	0.8860	111	0.9674	101	0.0733
82	브라질	76	0.6369	32	0.9991	1	0.9796	114	0.0625
83	볼리비아	95	0.5906	91	0.9746	112	0.9668	56	0.1450
84	그루지야	55	0.6753	82	0.9855	131	0.9386	103	0.0726
85	싱가포르	58	0.6707	102	0.9370	121	0.9575	86	0.1005
86	그리스	87	0.6067	60	0.9934	57	0.9785	94	0.0863
87	타지키스탄	27	0.7298	114	0.8750	58	0.9785	96	0.0811
88	벨리즈	80	0.6215	35	0.9985	1	0.9796	121	0.0549
89	몰타	106	0.5611	47	0.9955	77	0.9739	69	0.1237
90	아제르바이잔	47	0.6863	94	0.9699	132	0.9366	119	0.0575
91	아르메니아	57	0.6712	29	0.9992	133	0.9332	123	0.0439
92	알바니아	64	0.6532	73	0.9906	122	0.9553	125	0.0413
93	인도네시아	101	0.5722	95	0.9656	87	0.9719	70	0.1224
94	방글라데시	121	0.4552	105	0.9113	127	0.9500	17	0.2939
95	브루나이	79	0.6239	65	0.9923	113	0.9659	127	0.0275
96	짐바브웨	82	0.6178	103	0.9336	125	0.9522	83	0.1036
97	모리셔스	109	0.5465	80	0.9878	1	0.9796	92	0.0914
98	케냐	50	0.6832	106	0.9089	110	0.9681	122	0.0447
99	멕시코	114	0.5089	90	0.9781	1	0.9796	65	0.1348
100	몰디브	98	0.5788	1	1.0000	126	0.9508	112	0.0631
101	말레이시아	104	0.5653	77	0.9891	103	0.9695	113	0.0631
102	세네갈	75	0.6379	124	0.8174	76	0.9742	59	0.1411
103	피지	111	0.5343	72	0.9910	1	0.9796	115	0.0608
104	캄보디아	66	0.6488	117	0.8568	1	0.9796	98	0.0786
105	쿠웨이트	107	0.5571	86	0.9807	116	0.9612	124	0.0435
106	앙골라	97	0.5832	127	0.7779	1	0.9796	36	0.2007
107	잠비아	94	0.5930	116	0.8650	116	0.9612	82	0.1050
108	나이지리아	84	0.6163	123	0.8315	109	0.9682	89	0.0960
109	튀니지	123	0.4524	97	0.9606	100	0.9697	77	0.1105
110	네팔	116	0.4978	125	0.8164	123	0.9553	35	0.2157
111	과테말라	115	0.5061	101	0.9382	1	0.9796	118	0.0599
112	아랍에미리트	126	0.4148	67	0.9918	116	0.9612	76	0.1114
113	요르단	122	0.4524	83	0.9852	94	0.9710	111	0.0642
114	인도	127	0.4125	121	0.8434	134	0.9315	24	0.2731
115	대한민국	113	0.5204	109	0.8936	80	0.9730	104	0.0714
116	바레인	118	0.4830	69	0.9911	116	0.9612	131	0.0192
117	알제리	119	0.4697	99	0.9505	91	0.9714	120	0.0558
118	카메룬	108	0.5498	122	0.8421	106	0.9686	95	0.0825

119	모리타니	117	0.4908	120	0.8491	1	0.9796	71	0.1216
120	부르키나파소	73	0.6395	129	0.7260	98	0.9699	88	0.0971
121	시리아	120	0.4609	104	0.9315	68	0.9761	116	0.0603
122	에티오피아	92	0.5975	130	0.7001	106	0.9686	74	0.1129
123	오만	128	0.4059	93	0.9735	95	0.9709	128	0.0247
124	모로코	125	0.4477	118	0.8558	90	0.9716	90	0.0952
125	카타르	129	0.4005	53	0.9946	129	0.9470	130	0.0206
126	이집트	124	0.4498	107	0.9004	89	0.9717	129	0.0227
127	말리	93	0.5969	131	0.6684	104	0.9695	78	0.1093
128	이란	131	0.3768	96	0.9640	63	0.9776	132	0.0172
129	터키	130	0.4002	110	0.8923	93	0.9712	107	0.0675
130	사우디아라비아	133	0.3096	92	0.9745	65	0.9765	134	0.0000
131	베냉	110	0.5463	132	0.6273	70	0.9754	79	0.1081
132	파키스탄	132	0.3403	128	0.7467	128	0.9498	55	0.1465
133	차드	67	0.6474	134	0.4743	65	0.9765	106	0.0685
134	예맨	134	0.2334	133	0.6147	1	0.9796	133	0.0159

The Global Gender Gap Report 2009 **자료**

한국 여성의 지금, 여기

국제적인 지표에서 허풍으로 드러나는 한국의 여풍은 다음과 같은 자료에서도 여실히 드러난다.

18대 국회의원 여성 비율

2008년 4월 9일 치러진 18대 국회의원 선거에서 여성 당선자는 299명 중 41명지역 14명 비례 27명으로 13.7%. 이는 17대와 비교해 소폭 늘어난 수치지만 여성들의 기대에는 미치지 못했다.

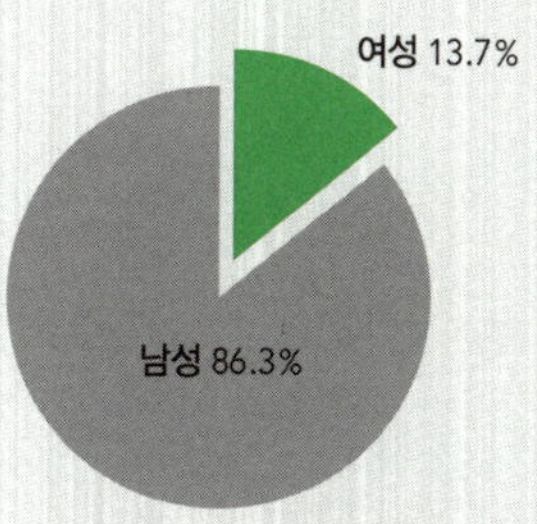

▶ 18대 국회의원 남녀 비율 (2008년 4월 9일 당선자 기준, 국회사무처 자료)

여성장관

2009년 10월 8일 특임장관을 포함, 16개 부처 중 여성부백희영와 보건복지가족부전재희 2개 부처가 여성장관으로 약 12.5%.

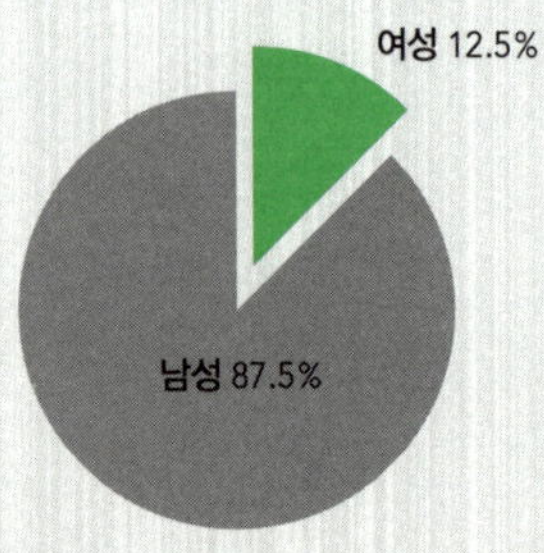

▶ 16개 정부 부처 장관 남녀 비율 (청와대 자료)

지방의회 여성 비율

2006년 지방선거 당선자 총 3,626명 중 여성은 525명으로 14.5%.

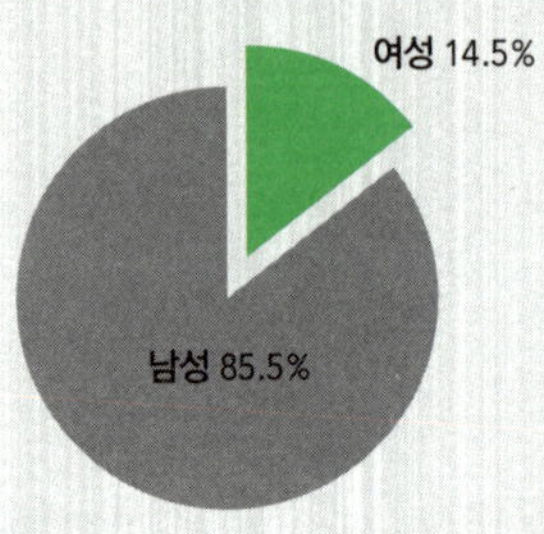

▶ 지방의회 남녀 비율 (2006년 5월 31일 당선자 기준, 통계청 자료)

중앙 부처 고위직 공무원(3급, 5급) 여성 비율

중앙 부처 3급 이상 고위직 공무원 여성 비율

2007년 중앙 부처 3급 이상 공무원 총 1,593명 중 여성 35명으로 약 2.2%.

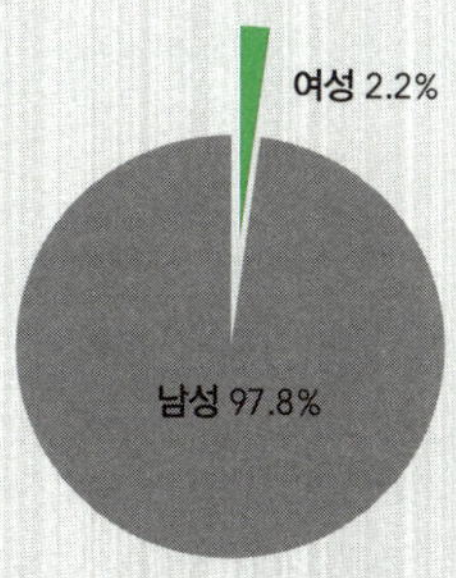

▶ 2007년 중앙 부처 3급 이상 공무원 남녀 비율 (통계청 자료)

중앙 부처 5급 이상 고위직 공무원 여성 비율

2007년 중앙 부처 5급 이상 공무원 총 18,598명 중 여성

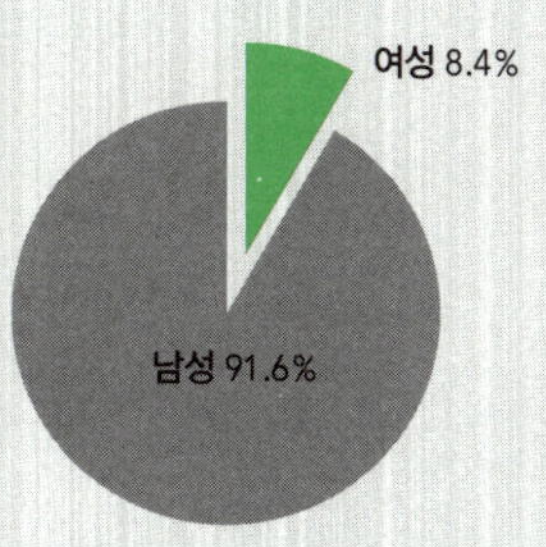

▶ 2007년 중앙 부처 5급 이상 공무원 남녀 비율 (통계청 자료)

1,571명으로 약 8.4%.

중앙 부처 일반 공무원 여성 비율

2007년 중앙 부처 일반 공무원 총 96,187명 중 여성 23,247명으로 약 24.2%.

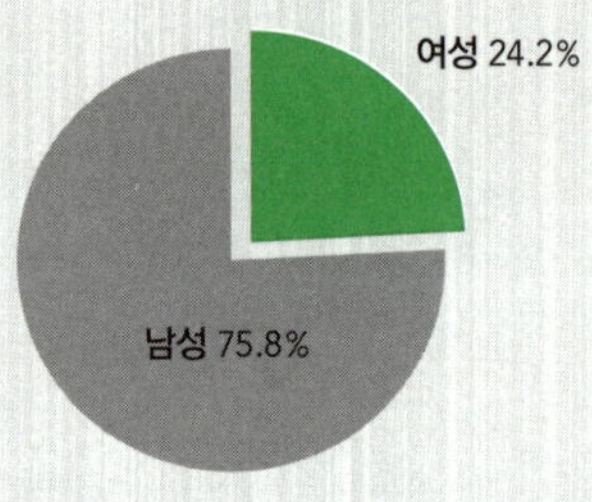

▶ 2007년 중앙 부처 일반 공무원 남녀 비율 (통계청 자료)

한국 여성의 잠재력

한국 여성의 현재 지위는 바닥 수준이지만 여성들의 교육 수준이나 각종 시험에서 나타나는 약진은 엄청난 잠재력을 가지고 있음을 보여준다.

여성의 대학 진학률

2008년 전체 대학 진학률은 83.8%, 여성의 대학 진학률은 83.5%.

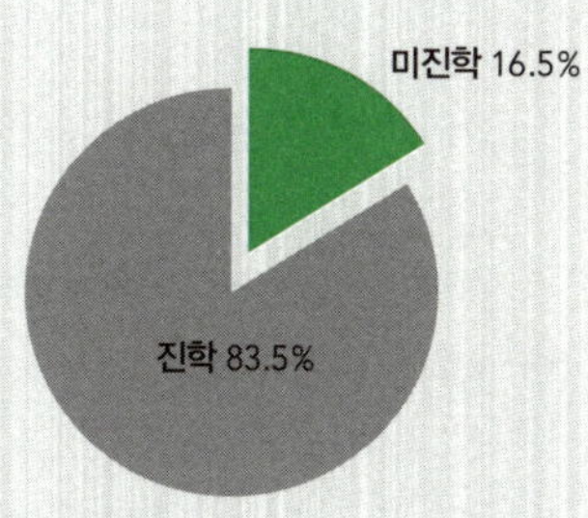

▶ 2008년 여성 대학 진학률 (통계청 자료)

3대 고시 합격률

행정고등고시 여성 합격률

• 행정직군 여성 합격률

전국

구분	2008년	2007년	2006년	2005년	2004년
계(%) (여성/전체)	53.4% (110/206명)	53.6% (111/207명)	49% (97/198명)	49.2% (92/187명)	39.6% (76/192명)

▶ 행정고등고시 전국직 여성 합격률 (사이버 국가고시센터 자료)

지방

구분	2008년	2007년	2006년	2005년	2004년
계(%) (여성/전체)	39% (14/36명)	27.3% (12/44명)	20% (7/35명)	10.3% (3/29명)	0% (0/6명)

▶ 행정고등고시 지방직 여성 합격률 (사이버 국가고시센터 자료)

• 기술직군 여성 합격률

구분	2008년	2007년	2006년	2005년	2004년
계(%) (여성/전체)	21.5% (14/65명)	16.4% (9/55명)	25.4% (18/71명)	19.7% (14/71명)	20.3% (13/64명)

▶ 행정고등고시 기술직군 여성 합격률 (사이버 국가고시센터 자료)

외무고등고시 여성 합격률

구분	2009년	2008년	2007년	2006년	2005년
계(%) (여성/전체)	48.8% (20/41명)	65.7% (23/35명)	67.7% (21/31명)	36% (9/25명)	52.6% (10/19명)

▶ 외무고등고시 2005년~2009년 여성 합격률 (사이버 국가고시센터 자료)

사법고등고시 여성 합격률

구분	2008년	2007년	2006년	2005년	2004년
계(%) (여성/전체)	38% (382/1005명)	35% (354/1011명)	37.7% (375/994명)	32.3% (323/1001명)	24.4% (246/1009명)

▶ 사법고등고시 2004년~2008년 여성 합격률 (법무부 자료)

여성 지위 향상의 열쇠는 정치 참여

잠재력이 큰 한국 여성들의 힘을 극대화하려면 여성들이 정치에 참여해야 한다. 정치는 여성들의 장벽을 스스로 허물 수 있는 제도적인 장치와 분위기를 바꾸는 지름길이다. 정치 참여의 시작은 정당 가입이다.

정당의 당원이 되는 법

당원 가입 자격

• 19세 이상 대한민국 국적을 가진 국민은 누구나 가능하다. 단 국가공무원법과 지방공무원법에 규정된 공무원은 당원 가입을 할 수 없다. 선거에 출마하려는 공무원들이 공직을 사퇴하는 이유도 여기에 있다. 언론기관에 종사하는 사람도 당원으로 가입할 수 없다. 2중 당적도 금지하고 있다.

• 해외에 체류 중이더라도 대한민국 국적을 가진 국민은 가능하다.

당원 가입은 어떻게

• 당원 가입은 주로 오프라인을 이용한다. 온라인 가입은 '전자서명법'에 규정된 공인전자서명이 있는 전자문서를 이용전자인증하여 입당하여야 한다고 되어 있다.
 당사를 직접 방문해 가입원서를 쓰거나 홈페이지에 있는 입당원서를 다운 받아 작성한 후 직접 방문하거나 우편, 팩스, 이메일스캔 이미지로 접수해도 된다.

당원 가입 시 주의점

• 당원에 가입할 때는 신중할 필요가 있다. 해당 정당의 정강, 정책, 선호 정치인 등 이것저것 따져보고 당원 가입을 해야 한다. 공직 후보자가 되려고 하는 사람은 더욱 조심해야 한다. 입당과 탈당은 그 자체가 정치적인 선택이고 이적이 잦으면 정치 이익만을 좇는 철새로 비쳐질 수 있다.

당원협의회란

• 과거의 지구당이 당원협의회로 대체되었다고 할 수 있다. 당원협의회는 정당의 자율성을 확보하기 위해 선거구별로 둘 수 있게 되어 있다. 지구당과 다른 점은 지구당은 사무실과 사무원을 둘 수 있었지만 당원협의회는 사무실이나 사무원은 둘 수 없다.

공천에 대하여

공천이란

• 공천은 대통령 선거나 국회의원 선거 등 각종 공직 후보 선거에서 정당이 후보자를 추천하는 것을 말한다.

공천의 기준은

• 말도 많고 탈도 많은 공천의 최우선 기준은 당선 가능성과 당원 지지도이다. 공직선거법에서 요구하는 공직 후보자 조건을 만족시키는 것은 기본이다. 입당이 개개인의 정치적인 선택이라면 공천은 정당의 선택이라 할 수 있다.

선거철이면 언론지상에 공천 불복종, 탈당, 무소속 출마와 같은 단어가 자주 등장한다. 공천을 받기가 쉽지 않음을 보여주는 말이다. 공천을 받으려는 사람이 많을 경우 치열한 경쟁이 벌어진다.

예비 후보자 등록

• 대통령 선거 : 선거일 전 240일

• 지역구 국회의원 선거 및 시·도지사 선거 : 선거일 전 120일

• 지역구 지방의회의원 선거 및 자치구·시·군의 단체장 선거 : 선거기간 개시일 전 60일

비례대표

• 18대 국회의원 중 비례대표는 54명. 기초의회의 경우 의석수의 10%는 비례대표로 구성하게 되어 있다. 공직선거법은 '비례대표 후보자 중 100분의 50 이상을 여성으로 추천하되, 그 후보자 명부 순위의 매 홀수에는 여성을 추천하여야 한다.'라고 되어 있다.

여성이 출마하면 얻을 수 있는 이점은

● 지역구 국회의원 선거 및 지역구 시·도의회의원 선거에서 전국 지역구 총수의 5% 이상을 추천한 정당에 대하여 여성 후보자 추천 비율에 따라 차등하여 여성추천보조금을 지급하도록 되어 있다. 이 보조금은 후보자 등록 마감일 후 2일 이내에 지급하고 여성 후보자 선거 경비로 사용하도록 하고 있다.

선거법상 금지되는 것들

● 기부행위

기부행위란 표를 얻기 위하여 금전이나 물품, 음식물을 나누어주거나 관광을 시켜주는 것을 말한다. 종류와 금액의 많고 적음을 떠나 상대방에게 이익이 되는 것을 주면 기부행위가 된다. 불우이웃돕기 같은 구호나 자선은 예외다.

● 불법 인쇄물 배부

선거법상 허용되는 인쇄물은 선전벽보, 선거공보 등으로 제한되어 있다. 통상적인 인사의 범위를 넘어 자신을 선전할 목적으로 명함을 다수의 유권자에게 배부하면 안 된다. 기타 홍보물이나 간행물을 불법적으로 이용해도 안 된다.

● 불법 시설물 설치·게시

특정 후보자를 알리거나 선전하는 현수막을 거리에 게시하거나
입간판, 현판, 선팅 등 시설물을 이용하여 특정인을 선전하는 행
위를 하면 안 된다.

● 기타 위반

의정 활동 보고를 빙자하여 선거운동을 하는 행위, 정당 활동과
관련한 불법 행위, 인터넷 통신을 이용한 비방·흑색선전행위, 선
전벽보 등에 허위 학력·경력을 게재하는 행위 등은 금하고 있다.